Doris Hofner-Foltin

Gemüse beißt nicht

VERLAG
LIBER
LIBRI

Doris Hofner-Foltin

Gemüse beißt nicht

Rezepte von Willibald Stroblberger

VERLAG
LIBER
LIBRI

Verlag Liber Libri
A-1130 Wien, Elßlergasse 17
Tel. +43 (0)1 877 04 26
Fax +43 (0)1 876 40 04
D-45473 Mülheim a. d. Ruhr
Dr.-Simoneit-Straße 36
Tel. +49 (0)208 75 69 59
E-Mail: liber-libri@guthmann-peterson.de
Lektorat: Susanna Harringer
Umschlagbild: Coca und Cola sehen dich an.
Druck und Bindung: biro m, Ljubljana, Slowenien
1. Auflage

Die Deutsche Bibliothek - CIP-Einheitsaufnahme
Ein Titelsatz für diese Publikation ist bei der
Deutschen Bibliothek erhältlich.

ISBN 3-85481-030-X

Der Verlag Liber Libri im Internet:
http://www.verlag-liber-libri.guthmann-peterson.de

Inhalt

Die Kochrezepte

Was Sie wissen sollten …

Miau, schnurr, wau-wau, grunz, iah … diese Sprachen der Tiere beherrscht Doris Hofner-Foltin perfekt. Die Sprache der Tiere kennt keine Lügen. Das Wort „Lüge" ist Tieren nicht bekannt. Tiere leben die Ehrlichkeit der Natur.

Doris auch!

Sie beherrscht die ehrliche Sprache der Tiere auf menschliche Art. Wie ein Chamäleon, das um zu überleben seine Farbe wechselt, passt auch sie sich jeder Situation an. Sie pfaucht wie eine Löwin, wenn man in ihr Zuhause eindringen will, findet aber aalglatt manchmal ein Schlupfloch von dort. Warum? Um zu suchen, zu wittern, ob ihr „Doris-Nest" genügend geschützt und für seine vielen Bewohner sicher ist.

Für diesen Schutz – also den Tierschutz – hat Doris dieses Buch geschrieben. Es ist eine Therapie, die das Lachen und das Schmunzeln zurückbringen soll, eine Therapie für das Leben. Die Verfasserin ist genau wie ihre Tiere: grundehrlich, aber unberechenbar. Sie alle haben einen unschuldigen, von der Natur gegebenen Instinkt.

Wer von wem was lernt, kann nicht beantwortet werden. Doris von den Tieren oder umgekehrt? Ob die Katzen schmeichelnder sind als Doris, wäre eine Frage wert. Sind Hunde treuer als sie? Jedenfalls sind Schweine grundsätzlich pflegeleichter. Doris hingegen sträubt sich bei zu intensiver Fürsorge um sie selbst.

Eines ist jedoch unumstritten: Im Gackern ist das gerettete und nunmehr in der grünen Wiese sitzende Federvieh ein kongenialer Partner für Doris, wenn es um das Aufzeigen von Missständen in der Tierhaltung geht. Beide haben da nämlich sehr gründliche Erfahrungen. Den Albtraum Bratpfanne wird es hier niemals geben. Und so könnte man noch von vielen Tierarten berichten, die gerettet, gesundgepflegt und manchmal danach sogar wieder in die Freiheit entlassen wurden.

Ist der Mensch wirklich die Krone der Schöpfung?

Einiges spricht dagegen.

Einfach dahingeschrieben: Tiere zerstören nicht die Umwelt. Tiere führen keine Kriege. Tiere kennen keinen Konsumrausch.

Sie brauchen nicht einmal einen Silikonbusen, um sich sexuell anzuregen. Sie treiben auch nicht ab, denn die Natur entscheidet über Leben und Tod.

Der Mensch ist der Ansicht, dass Tiere nicht lachen und weinen können. Oh doch, sie können es. Sie vermögen es bloß aufgrund ihrer Anatomie nicht zu zeigen. Primaten, zum Beispiel, fehlt zum Sprechen lediglich der Kehlkopf.

Wissenschaftlich gesehen ist es Tatsache: Nur 2 von 100 Prozent unterscheiden den Menschen vom Primaten. Schimpansen haben dieselbe Chromosomenstruktur wie der Mensch. Laut Wissenschaftsberichten gibt es in England eine Schimpansin mit Maturaniveau.

Sind sie womöglich sogar klüger als der Mensch? Manche kleine Maus scheint klüger zu sein – oder kennen Sie womöglich eine Maus, die sich selbst eine Mausefalle baut? Na, und jetzt vergleichen Sie einmal das Gelesene mit dem Verhalten von Menschen.

Ich glaube, Doris hat noch ein weites Aufgabengebiet vor sich (aber hoffentlich auch dann noch immer Zeit für unsere Freundschaft, die sie mir in guten und schlechten Tagen immer wieder bewiesen hat).

Maria-Luise Preuss

Prof. Semmelweis

Mein Senf zu diesem Buch

Endlich geschafft! Dieses Buch fertig zu bringen, war ein harter Kampf mit meinem inneren Schweinehund, und erst recht, das Buch zu beginnen!

Ich beschloss, einen Laptop zu kaufen, um meiner unendlichen Zettelwirtschaft, wenn ich meine Geschichten schreibe, ein Ende zu bereiten. Das machte die Sache weder einfacher noch interessanter – ich hasste dieses Teufelsinstrument, das mit mir machte, was es wollte.

Ich hatte einfach keine Chance! Ständig musste ich meine Geschichten suchen, die er irgendwo speicherte, nur nicht unter „Gemüse beißt nicht „. Und nur, weil ich einmal die falsche Taste gedrückt habe, hat er einfach meine Geschichte aus Trotz gelöscht – einfach so.

Finden Sie das nicht auch unerhört, dass man sich sogar von einem Laptop, den man freigekauft hat, so schikanieren lassen muss? Ich sagte meinem Blechpartner den Kampf an, und manchmal lässt er mich gewinnen, und seit einiger Zeit sind wir ein ganz gutes Team.

Hätte ich nicht meine beiden Freunde, Evelyn und Gerd, einspannen dürfen, um dieses Buch nach Rechtschreibfehlern zu durchforsten, würden Sie, wenn Sie einen Rotstift in der Hand hätten, in einer „roten Suppe“ lesen.

An meinem Schreibstil haben die beiden nichts verändert. Evelyn legt größten Wert darauf, dass ich das erwähne. Irgendwie ist es aber trotzdem schade um jeden Fehler, der ausgebessert wurde. Ich frage mich, ist es wirklich notwendig, auf Jagd nach Rechtschreibfehlern zu gehen und jede Kleinigkeit auszubessern?

Ach ja, und dann kam unser Stammgast Agnes und tyrannisierte meine Beistriche, Punkte und Anführungszeichen. Besonders die Beistrichsetzung wurde auf das Grauenhafteste misshandelt!

Nun bleibt mir noch eines zu sagen: „Vielen Dank für die brieflichen und verbalen A…tritte, die Sie mir gegeben haben, um dieses Buch zu schreiben."

Ohne sie hätte ich das nie geschafft!

Unserem lieben Gast Willibald und seiner geduldigen Frau sage ich herzlichen Dank für die Rezepte und bitte um Verzeihung, dass ich in letzter Zeit soviel Druck gemacht habe, um sie zu bekommen.

Er ist ein Meisterhobbykoch, und ich nehme immer, wenn die beiden bei uns Urlaub machen, einige Kilo zu, da er für uns kocht und ich in mich hineinstopfe, was Platz hat.

So, und nun genug von all dem. Ihnen wünsche ich viel Spaß beim Nachkochen der Rezepte und beim Lesen meiner Geschichten!

Ihre Doris Hofner-Foltin

Lippe Lappe

Kichererbsensteak, dazu ein pikantes Chutney

» In 30 Minuten zubereitet
» In 60 Minuten auf dem Tisch
» Ergibt ca. 4 Portionen

Einkaufsliste:

150 g Kichererbsen fein gemahlen
1 TL Curry
1/2 l Gemüsebrühe
1 MS Majoran
Olivenöl
Natursalz, Pfeffer, Kräutersalz, Safran

Für das Chutney:

1 mittlere Zucchini
3 Tomaten
1/2 rote Paprika, 1/2 gelbe Paprika
1 kleine Zwiebel
1 EL brauner Zucker
1-2 EL Tomatenmark
Saft einer halben Zitrone
1 Bund Petersilie
Chilipulver, Pfeffer, Natursalz

Vorbereitung:

1. Die Zwiebel kleinwürfelig schneiden
2. Zucchini, Tomaten, Paprika waschen und ebenfalls kleinwürfelig schneiden.
3. Petersilie grob hacken.

4. Eine Auflaufform oder ein Ofenblech mit Rand bereitstellen und mit Olivenöl bestreichen.

CHUTNEY:

1. Den braunen Zucker in einer beschichteten Pfanne schmelzen. 2, Das vorgeschnittene Gemüse, die Zwiebel und 2 EL Olivenöl dazugeben und das Ganze 2 Minuten rösten. Tomatenmark dazugeben und ca. 1 Minute mitrösten.
3. Mit Gewürzen, Zitronensaft und Salz abschmecken. etwas Wasser (1/16 l) dazugießen, einige Minuten einköcheln lassen.
4. Das Gemüse sollte bissfest bleiben, zuletzt noch Petersilie einrühren, fertig.

ZUBEREITUNG:

1. 1/2 Liter Gemüsebrühe zum Kochen bringen. Kichererbsenmehl, Curry und Majoran dazugeben und auf kleiner Flamme ca. 10 Min. köcheln lassen.
2. Das Ganze in die vorbereitete Auflaufform geben und ca. 2 cm hoch glatt auseinander streichen. Nach dem Überkühlen in Stücke von beliebiger Größe schneiden.
3. Olivenöl in einer Pfanne erhitzen und goldbraun herausbraten.

SERVIERTIPP:

Dazu passt vorzüglich Natur- oder Safranreis!

Zeit zum Schmusen ist auch
im größten Streß.

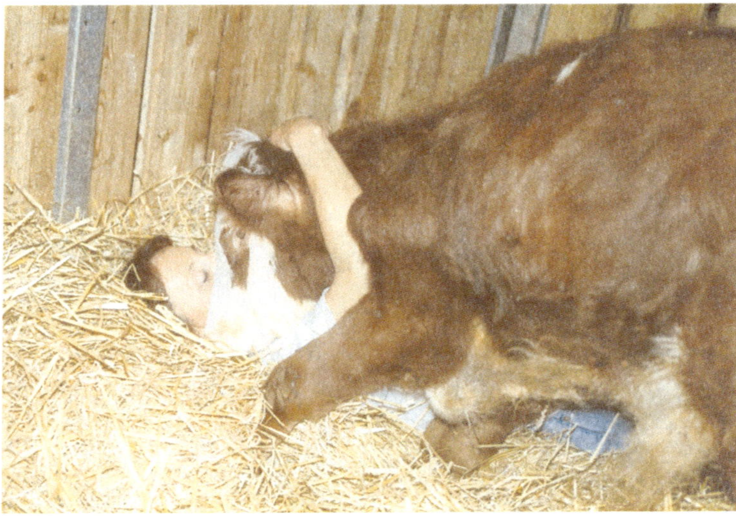

Alfons

HUNDE – NEIN DANKE!

Im Linzer Rathaus, bei einer Besprechung mit dem Landesrat und allen oberösterreichischen Tierschutzvereinen, ging es wieder einmal um das Hundehaltegesetz. Wenn man den Politikern so zuhört, könnte man glauben, alle Hunde wollen nur das eine – Menschen fressen!

Zu diesem Hearing kamen etwa 60 Vertreter von Tierschutzvereinen, die ungefähr acht hohen Herrn gegenübersaßen. Schon bei den einleitenden Worten des Herrn Landesrat erkannte ich, und sicher nicht nur ich, dass es ganz massiv gegen alle Hunderassen ging, denn jeder Köter ist eine Zeitbombe, besonders natürlich Rottweiler, Schäferhunde, nicht zu vergessen der Dobermann.

In mir kochte es, da ich nur gutmütige Rottweiler kenne und auch mit den anderen Hunderassen, die ja potentielle Killer sein sollen, nie ein Problem hatte. Der einzige Hund, der je gebissen hat, war unser Dackel. Seine bevorzugte Stelle – der Allerwerteste des zu verfolgenden Opfers.

Immer wenn ich meine Meinung kundtun wollte, bekam ich einen leichten Tritt von meinem Mann und dazu DEN Blick – den bestimmten Blick, der ausdrückt: „Doris, halte lieber den Mund!“ Eine Weile halt’ ich das ja aus, aber sicher nicht einen ganzen Abend lang.

Nein, die stundenlangen Reden, wie bösartig Hunde sind und wie sie alles verdrecken, konnte ich mir nicht länger anhören, und so meldete ich mich zu Wort. Man erteilte mir „Redeerlaubnis“, und ich legte los.

„Zunächst möchte ich einmal sagen, dass grundsätzlich der Mensch am Verhalten seines Hundes schuld ist, das weiß ich aus jahrelanger Erfahrung.“

„Gnädige Frau, so wie Sie aussehen, so jung meine ich, kann die Erfahrung nicht so groß sein“, meinte einer der Vorsitzenden.

Auf so einen Schmäh fall ich nicht rein und lasse mich schon gar nicht davon abbringen weiterzusprechen.

„Vielen Dank, aber wir sind nicht gekommen, um darüber zu sprechen, wie viele Falten man haben muss, um als erfahren zu gelten“, sagte ich schnippisch.

Harald: „Setz dich und gib Ruhe.“

„Nein, geb' ich nicht!“

„Herr Landesrat, woher kommt Ihre Aversion gegen Hunde? Wurden Sie einmal gebissen?“, fragte ich und war auf die Antwort gespannt.

„Gebissen wurde ich noch nie, aber der Nachbarhund hat mir ein paar Blumen ausgegraben, und ich musste sie wieder eingraben.“

„Und was war daran so gefährlich? Die Regenwürmer vielleicht?“

Der Landesrat weiter: „Wenn ich joggen gehe, rennen mir immer die Hunde nach, obwohl ich doch nur laufe.“

„Da haben wir es ja wieder, Sie sind schuld am Verhalten des Hundes und nicht er.“

„Das verstehe ich nicht“, murmelte der Landesrat.

„Also, wenn Sie laufen, passen Sie in das Beutemuster des Hundes, und er läuft Ihnen nach. Würden Sie jedoch stehen bleiben und das Tier ansprechen, passiert nichts und der Hund würde ganz freundlich auf Sie reagieren. Natürlich merkt auch jedes Tier, wenn man Angst hat, und nützt es schamlos aus. Das kenne ich von unseren vierbeinigen Freunden. Herr Landesrat, ich mache Ihnen einen Vorschlag.“

„Und der wäre?“

„Sie kommen zu uns, ich lade Sie und Ihre Familie in unsere Frühstückspension ein, ungefähr für eine Woche, und ich bringe Ihnen den richtigen Umgang mit Hunden bei. Vielleicht fällt dann das Hundehaltegesetz nicht so dep..., äh, so streng aus.“

Der Landesrat – lächelnd, in die Menge schauend, um sich anschließend an mich zu wenden: „Wissen ’S, gnä’ Frau, wenn Sie mir mit Ihrem Hund entgegenkommen, habe ich keine Angst vor Ihrem Hund, sondern vor Ihnen.“

„Na, das wär’ ja schon ein Fortschritt, Herr Landesrat.“

Und wieder einmal war der Fettnapf, in den ich geflogen war, größer als ich …, aber Leid tut es mir trotzdem nicht.

Übrigens, der Herr Landesrat hat die Einladung nie angenommen. Die Angst vor der bissigen Hausfrau dürfte doch zu stark gewesen sein, und wer weiß, vielleicht überlegt man ja schon im Landtag, ein Frauenhaltegesetz zu erlassen.

Moretti

← Marala

Morchi

Wer holt den Stock aus dem Wasser?

(Na, wer wohl?)

XANDI

mein erster Mund

Auf Sendung

Einige Wochen vor Weihnachten bat ich Frau Greta Hauptmann von Radio Oberösterreich, sie möge doch so nett sein, über die geplante Lesung aus meinen beiden Büchern zu berichten. Ich gab ihr einige schriftliche Informationen, wie zum Beispiel, dass die ARGE UMWELTSCHUTZ ALMTAL diesen Abend organisiert und auch finanziert. Auch dass sich die bekannte Musikgruppe INESHEER kostenlos zur Verfügung stellt und die Einnahmen dieses Events ausschließlich den Tieren des Tierparadieses zugute kommen.

Das ist der erste Teil.

Und nun zum zweiten Teil.

Einige Wochen vor Weihnachten, an dem Tag, als Frau Hauptmann meinen Brief bekam, retteten wir einen Bernhardinermischling aus einem Zwinger, in dem die Hundedame 14 Jahre verbringen musste. Der Zwinger war in einem unvorstellbaren Ausmaß verdreckt, da die Hundedame nie spazieren geführt wurde und ihre Notdurft im Käfig verrichten musste.

Auch war Amélie so verfilzt, dass wir mit ihr zum Hundefrisör gehen mussten. Trotz aller Bemühungen schaffte das Schergerät (ich weiss nicht, wie es richtig heisst) der Hundefrisörin diesen Filz nicht.

So rief ich Frau Grösser an, die immer unsere Schafe scheren kommt, und bat um ihre Hilfe. Wir sollten sofort zu ihr kommen, was wir auch taten, denn die Hündin musste auch von Ungeziefer befreit werden.

Gefallen hat das Amélie nicht besonders, obwohl wir ihr erklärt haben: Was sein muss, muss sein. Es war ihr aber egal, was wir meinten.

Nach der Hundefellentfernungsattacke ging es weiter zu der in Kirchdorf an der Krems ansässigen Tierärztin Mag. Kimberger, denn schließlich musste das Tier entwurmt, geimpft und entfloht werden.

In der Ordination bekam die alte Hundedame einige Leckerlis, denn nun begann ein Leben voll Streicheleinheiten, Freiheit und gutem Futter. Das Tier war völlig abgemagert, dafür waren ihre Besitzer ausgefressen und versoffen, was ich ihnen in meiner bekannt höflichen Art gleich mitteilte.

Das hat sich ungefähr so angehört: „Weniger essen würde Ihnen nicht schaden, weniger Alkohol wäre nicht schlecht für Ihre Gesundheit, und auch die Lunge würde sich über weniger Nikotin freuen. Und den Hund könnte man von dem ersparten Geld gut füttern."

Na, mehr hab' i dann net braucht, nach dieser Ansage.

Egal, zurück zum Eigentlichen, das ich erzählen möchte. Wir waren mit der medizinischen Versorgung fertig, und ich brachte meinen Mann zu unserem alten Auto, das er aus irgendwelchen Gründen beim Bahnhof geparkt hatte. Amélie blieb bei mir im Wagen auf der Rückbank sitzen und sah vergnügt aus dem Fenster. Ab und zu stupste sie mich mit der Schnauze.

Plötzlich läutete das Handy, und am anderen Ende der Leitung war Frau Hauptmann, um mir zu sagen, dass ich in wenigen Minuten auf Sendung bin und über die Lesung und das Rahmenprogramm erzählen soll. Auch über unseren Hof und die Bücher sollte ich erzählen, und alles, was mir so am Herzen liegt.

„Okay, kein Problem, mach ich, ist ja nicht das erste Mal, dass ich ein Interview gebe."

„Sie sind auf Sendung, Frau Hofner-Foltin."

Nun die erste Frage: „Sie haben eine Lesung am kommenden Samstag um 20 Uhr im Gemeindesaal Scharnstein. Was erwartet die Besucher – können Sie uns etwas erzählen?"

„Es ist eine Benefizveranstaltung der ARGE UMWELT-

SCHUTZ ALMTAL, und der Reinerlös kommt unseren 170 Tieren zugute."

Auf einmal hörte ich ein lautes Würgen hinter mir.

„Frau Hofner-Foltin, erzählen Sie uns noch mehr von Ihren Büchern und Ihrem Hof."

Im selben Moment kotzt mir, ich kann es nicht anders nennen, Amélie in voller Lautstärke ins Genick.

„Frau Hofner-Foltin, was haben Sie eben gesagt?"

„Eigentlich habe ich nichts gesagt, das war mein Hund, der mir soeben ins Genick gespieben hat, und irgendwie ist das grauslich, und irgendwie kann ich mich jetzt gar nicht konzentrieren, macht das etwas? Hat das jetzt ganz Oberösterreich gehört?"

„Alle Hörerinnen und Hörer, die jetzt diese Sendung hören."

„Ist das sehr schlimm?"

„Nein, es ist einmal ein etwas anderes Radiogespräch, aber ich werde jetzt weiter über Ihren Hof erzählen, und morgen gibt es zu Mittag abermals mit Ihnen ein Interview. Liebe Radio-Oberösterreich-Hörer, wir hoffen doch alle, dass es dem Hund bald besser geht."

Wäre ich noch auf Sendung gewesen, hätte ich den Hörern sagen können, dass Amélie mittlerweile selig und mit leeren Magen auf der Rückbank schlief.

Am nächsten Tag blieb das Telephon nicht still, denn viele Radio-Oberösterreich-Hörer erkundigten sich, wie es Amélie ging. Da stellt sich mir die Frage, ob man bei mir auch nachgefragt hätte, wie es mir geht, wenn ich mich so unüberhörbar erbrochen hätte.

Das Leben beginnt mit 14

Es ist nun wieder an der Zeit, dass ich einem Tier meinen Laptop übergebe und endlich meine Fenster putze. Amélie hat einiges zu berichten und zappelt schon ganz ungeduldig neben mir, denn sie möchte auch Gastautor in diesem Buch sein.

Ich übergebe nun das Wort an unseren Hund Amélie:

Grüß Gott und ein herzliches Wau, mein Name ist Amélie, und ich gehöre zu der Spezies der Großpfötler, denn meine Tatzen sind fast so groß wie die eines mittleren Bären.

Eindreiviertel bin ich Bernhardiner und der Rest ist ... na, weiß ich nicht so genau.

Jedenfalls bin ich ein ganz großer, nein, ein mächtiger Hund und bringe bei Gatschwetter dementsprechend viel Dreck ins Haus."

Doris sagt dann immer: „Da kommt Freude auf."

Was sie damit wohl meint?

Bevor ich hier im Tierparadies Schabenreith landete, war mein Leben trostlos, da ich 14 Jahre in einem Zwinger verbringen musste.

Spazierengehen war ein Fremdwort für meine damaligen Besitzer, und das Geld, mit dem man mir eigentlich Futter hätte kaufen sollen, wurde in Bier und Schnaps umgesetzt, und ich magerte ab, hielt mich mit Müh und Not auf den Pfoten.

Mein Zwinger war voll mit Kot, und darum war auch mein Fell dementsprechend verklebt.

Ich konnte mich selbst nicht riechen.

Oft dachte ich mir: „Soll das alles gewesen sein?"

Ich war sehr traurig, besonders wenn ich andere Hunde mit ihrem Frauerl oder Herrl spielen sah.

Das hat in der Seele mehr als weh getan, als Sie sich vorstellen können.

Irgendwann kamen zwei Damen an meinem Zwinger vorbei, und sie waren entsetzt, wie ich dahinvegetieren musste.

Es dauerte nicht lange und es wurde mir heimlich Futter gebracht – meist in der Nacht, wenn meine Herrschaften schon besoffen unter dem Tisch lagen.

Irgendwie war dieser tägliche Besuch mein einziger Lichtblick.

Eines Tages jedoch kamen meine nächtlichen Betreuer mit zwei Menschenkindern, und ich begann mich zu wundern.

Man läutete meine Besitzer aus dem Haus, und dann ging alles ganz schnell.

Harald fotografierte zunächst meinen Zwinger, und Doris drohte mit einer Anzeige beim Amtstierarzt, und ich saß in der Mitte.

Doris meinte nur zu meinem „Frauerl", dass weniger Schnaps und Zigaretten vielleicht nicht ungesund wären und man mit dem ersparten Geld Futter kaufen könnte.

Der Figur würde es auch nicht schaden, weniger Alkohol in sich hineinzuschütten.

Jö, ist die aber frech, dachte ich mir.

Harald ließ sich eine Verzichtserklärung unterschreiben, da meine Besitzer eigentlich froh waren, mich loszuwerden.

Man schnappte mich am Halsband und öffnete die Tür zu einem Kombi, in den ich sofort hineinsprang.

Ich hatte gar kein Interesse daran, mich umzudrehen, und war froh, von hier weggebracht zu werden.

Doris setzte sich zu mir, und ich hatte plötzlich das Gefühl, mir kann nichts mehr passieren!

Zunächst fuhr man mit mir zu einem Hundefrisör, aber mein Fell war so mit Kot verklebt, dass der Scherapparat nach fünf Minuten den Geist aufgab.

So rief Doris Frau Grösser an, die bei ihr immer die Schafe scheren kommt.

Da sie Zeit hatte, fuhren wir hin, und ich wurde zunächst einmal auf das Herzlichste begrüßt.

Das kannte ich bis jetzt nicht, dass gleich so viele Leute zu mir nett sind.

Wieder schön gemacht zu werden, habe ich sehr genossen, obwohl so lange brav sitzen ist schon langweilig, aber das war ich ja von meinem Zwinger gewohnt.

Doris und Harald sind sehr erschrocken, als sie merkten, dass sie meine Rippen zählen konnten.

Jetzt, wo ich geschoren war, konnte man die ganze Tragik meines bisherigen Daseins erkennen.

Wir fuhren los, und ich war schon sehr aufgeregt, wohin die Reise gehen würde.

Nach einiger Zeit kamen Serpentinen, und mir wurde ganz schlecht, und ich musste mich übergeben.

Eigentlich wird mir immer übel, wenn ich im Auto mitfahre, aber das konnte ich ja zu diesem Zeitpunkt noch nicht wissen.

Als wir unser Ziel erreicht hatten, wurde ich mit wildem Gebelle von Hundedame Hexi empfangen.

Ich stand da wie ein Bock und wusste nicht, wie ich mich verhalten sollte.

Mir war ganz angst und bang, denn da kam ein kleines zotteliges Wesen auf mich zu, und noch ein kleiner weißer keifender Hund, und dann noch ein jaulender großer dicker Hund, der nur heulen konnte.

Ich habe noch nie einen so fetten Hund wie den gesehen.

Auch ein Rottweiler-Schäfer-Mischling raste in einem Affentempo auf mich zu.

Ich hatte das Fell gestrichen voll.

So einen Trubel um meine Person kannte ich bis dato nicht, und es war ein eigenartiges Gefühl.

„Rotkäppchen", die Rottweilermischung, wurde ganz schnell meine Freundin, und sie zeigte mir das ganze Areal und das Wichtigste, nämlich wo die Futterschüsseln stehen.

Wasserschüsseln stehen überall, und ich dachte daran, wie oft ich in den 14 Jahren Durst hatte, weil mir niemand Wasser gab.

Irgendwie konnte ich nicht fassen, dass es so etwas auch geben kann, und meine größte Sorge war, wieder von hier wegzumüssen.

Also zeigte ich mich von meiner besten Seite, war nett zu den Katzen, war nett zu dem anderen Getier, das sich hier tummelte.

Die erste Nacht war ein wenig anstrengend, da Rotkäppchen mich dazu einteilte, das Grundstück zu überwachen.

Das ist ein Mörderstress, zehn Hektar abzurennen. Ich kam ganz schön ins Schwitzen.

Rotkappl bewachte das Tor.

Das ist der einfachere Job.

Die anderen Hunde schlafen im Haus, aber das hat mir niemand verraten.

Eigentlich hätte ich auch im Haus bleiben können, aber Rotkäppchen gab keine Ruhe.

Mittlerweile gehe ich nur auf Kontrollrundgang, wenn ich es als richtig empfinde.

Mein Stammplatz wurde ein großer Ohrensessel im Fernsehzimmer, wo Doris ihre Post erledigt und sich alles einfindet, was Rang und Namen hat.

Hunde und Katzen liegen bunt gemischt überall, wo es noch einen freien Platz gibt.

Sollten Sie jemals ein dreckiges, gatschverschmiertes Kuvert bekommen, weiß ich, wer das immer macht.

Entweder latscht Kater Leonardo oder Kater Ludwig darüber.

Diese Autogramme sind besonders wertvoll, und daher mein Tipp: gut aufheben!

Ich bin nun seit fast vier Monaten hier und kann mir gar nicht mehr vorstellen, wie es war, in einem Zwinger zu leben.

Vergessen sind die Tage, als ich so unglücklich war und immer großen Durst und Hunger hatte.

Meine Figur kann man schon Rubens zuordnen, aber ich glaube, der hat keine Hunde mit Schwimmreifen gemalt, sondern nur Frauen.

Was ich nicht mehr will, sind verschlossene Türen. Sobald eine geschlossen ist, wird sie sofort aufgemacht.

Doris meint dann immer, ich soll doch die Tür hinter mir zumachen, aber das kann ich nicht.

Und sie sagt auch: „Seit die Amélie bei uns ist, leben wir wie in einem Kühlschrank."

Mir ist das egal, wenn es kalt im Haus ist und der Schnee bis ins Vorzimmer geweht wird.

Mittlerweile kann auch Rotkäppchen Türen öffnen, das habe ich ihr einen ganzen Nachmittag beizubringen versucht, und irgendwann hat sie es kapiert.

Von Wolfgang, dem Machohund, hab ich gelernt, wie man stiehlt, nur Marmeladegläser kann ich noch nicht öffnen, so wie er.

Vielleicht sind auch meine Pfoten zu groß dafür.

Wolfgang macht das ganz geschickt.

Er nimmt das Marmeladeglas zwischen seine Pfoten und beißt ganz vorsichtig in den Deckel, dann dreht er den Verschluss einfach auf.

Man könnte diesen Hund als Gläseröffner verwenden, doch Wolfi schleckt halt immer den Inhalt heraus, und das ist auch nicht so gut.

Ich bin ja schon ein alter Hund, aber trotzdem hole ich meine Kindheit nach – besser jetzt als gar nicht.

Ich spiele mit Begeisterung mit Dingen, die laut quietschen, oder mit Bällen.

Das macht echt Spaß und hält mich fit.

Kein gutes Photo von mir – – das hat
Doris wieder im letzten Moment gemacht –
nachdem ihr der Verleger schon das
3x in den Mittern gebeten hat, was
los ist mit der Fertigstellung des Buches.

Manchmal dürfen Rotkappl und ich mit Herrli mitfahren, aber nur, wenn ich einen leeren Magen habe, was selten vorkommt.

Arafat und Blunzerl, die kleinen Hunde hier am Hof, sind zwar ganz nett, aber ein bisserl langweilig, und Hexi ist den ganzen Tag damit beschäftigt, Wolfgang anzukeifen, weil er sie nicht vorbeigehen lässt.

Manchmal sagt Doris: „Bin ich froh, wenn alle schlafen."

Versteh' ich nicht, denn es muss doch toll sein, so eine aufgeweckte Bande zu haben.

Mir gefällt es hier, und ich kann ganz ehrlich und bestimmt sagen:

DAS LEBEN BEGINNT MIT 14!

So, genug erzählt – ich geh jetzt wieder mit Rotkappl spielen.

Ein herzliches Wuff von ihrer

Besuch der alten Dame

An einem verregneten Wintertag ereilte uns der Anruf unseres Freundes Thomas mit der Bitte, einer seiner lieben Bekannten unser Tierparadies zeigen zu dürfen. Sie sei sehr interessiert, und es hieß auch, dass sie solche Institutionen unterstütze. Ein Termin wurde vereinbart.

Am Tag, als der hohe Besuch erwartet wurde, standen Harald und ich noch vor Sonnenaufgang auf, um die Folgen der nächtlichen Katzenkistlorgien und das tägliche Chaos im Schweinestall zu entfernen, auszumisten, aber auch, um ein mehrgängiges Menü vorzubereiten. Beseitigt wurden auch die in der Nacht produzierten Hundstrümmerl, die malerisch, weitläufig und unübersehbar im ganzen Hofbereich platziert waren.

Wir wurden in letzter Minute mit unserer Arbeit fertig, ich sah schon unsere Gäste langsam und bedächtig den Berg herauffahren. Das Auto mit seinen beiden Insassen kam immer näher, mit einem letzten Blick zum Hof überprüfte ich, ob alles soweit in Ordnung war.

Schließlich wollten wir einen bleibenden Eindruck hinterlassen, was uns auch sehr gut glückte. Warum – das möchte ich Ihnen in den nächsten Zeilen berichten.

Thomas dürfte nur Gutes über unsere Arbeit und uns erzählt haben, warum hätte sonst seine schon in die Jahre gekommene Freundin an unserem Tierparadies Interesse gezeigt? Der große Augenblick war nun gekommen. Thomas öffnete das Tor, ließ seiner sehr damenhaften Bekannten den Vortritt und kam mit ihr langsamen Schrittes heran.

Toll sah er aus, obwohl er immerhin auch schon 46 Lenze zählt. Braungebrannt vom Skifahren in Lech. Nichts wäre passiert, hätte er nicht unseren Rottweilermischling „Rotkäppchen“, den schlimmsten Hund der Welt, gerufen, und – oh Schreck – Thomas klopfte sich dabei auch noch mit beiden Händen auf die Oberschenkel.

Das hat bei unserem Hund immer fatale Auswirkungen, es ist für ihn doch die Aufforderung zum Nahkampf. Mein erschreckter und warnender Schrei „Nein, bitte mach das nicht!" kam um Sekunden zu spät. Das Unglück nahm seinen Lauf.

Rotkäppchen sprang mit ihren nicht gerade zierlichen Vorderpfoten auf des Freundes stattliche Schultern, um sich sofort umzudrehen und der schon betagten Dame ebenfalls ihre Aufwartung zu machen. Diese fiel wie ein Stück Holz um, und zwar zielsicher in die einzige Hundeschei… des Innenhofes.

Wäre diese doch nur von harter Konsistenz gewesen! Aber nein, sie war vom nasskalten Regenwetter auch noch ganz batzweich.

Bei Freund Thomas wechselte die Gesichtsfarbe von braun auf rot.

Zum Glück ging der Sturz halbwegs harmlos ab, aber der Anorak der Dame sah entsprechend aus, abgesehen von dem Gestank, der sich über dem edlen Stück ausbreitete. Auch die Schuhe waren nicht mehr so, wie sie hätten sein sollen, aber die waren wenigstens schnell gereinigt.

Nun, das gute Designerstück wanderte in die Waschmaschine, was zu lauten Protestrufen der sehr eleganten Dame führte. Ich habe einen Trockner, beruhigte ich sie.

Thomas Gesichtsfarbe wechselte von rot auf hellgrau. Ich fragte mich, wo war nur seine ganze Bräune geblieben?

Naja, wie auch immer, ich bat die beiden Gäste in den Aufenthaltsraum, um das Mittagessen zu reichen. Gott, war ich froh, ein mehrgängiges Menü vorbereitet zu haben, denn wie hätte ich es sonst geschafft, den sündhaft teuren Anorak zu waschen und zu trocknen?

Nach einiger Zeit sah ich nach dem guten Stück. Der Waschvorgang war bereits beendet. Aus Angst, nur einen Fetzen aus dem Trockner zu nehmen, trocknete ich nicht auf höchster Stufe, denn das hätte noch gefehlt, zu all dem Spektakel.

Ich reichte den zweiten Gang.

Thomas war total blass.

Ich reichte den dritten Gang.

Thomas bekam langsam wieder Farbe im Gesicht.

Das Essen war geschafft, ich servierte Kaffee und Kuchen und für den nicht mehr ganz farblosen Freund Thomas Mannerschnitten, denn etwas anderes isst er nicht.

Ich wollte die Stimmung etwas heben und erzählte von unserer Tierschutzarbeit, um gleich auf ein Thema der Extraklasse zu kommen, denn ich war ja der Meinung, die ältere Dame sei mit Haut und Haaren dem Tierschutz verfallen.

Dazu kam noch, dass ich einen guten Eindruck machen wollte, aber das war mir eigentlich noch nie gelungen. Verdammt, ich hätte es doch wissen müssen, aber ich gebe die Hoffnung nicht auf, einmal nicht anzuecken.

Also prangerte ich die Fiakerunternehmer, die ihre Pferde den ganzen Tag in den Auspuffgasen ihren Dienst verrichten lassen, an.

Thomas wurde wieder blass im schönen Antlitz.

Die alte Dame widersprach heftig, das brachte mich immer mehr in Fahrt,und so legte ich mit meinen Argumenten erst richtig los.

Thomas entwickelte noch mehr Blässe im Gesicht.

„Das gibt's doch nicht, was hat DER denn heute? Ist ihm schlecht von meinem Essen?“, dachte ich. Nach weiterer heftiger Diskussion stellte sich heraus, dass die alte Dame Fiakerunternehmerin war.

Thomas war bereits kaasweiß. Mit eingefallenen Wangen stand er da. Man wolle jetzt gehen, und ich möge doch den Anorak bringen, meinte unser weiblicher Gast.

Ich schlich davon. Natürlich war die Jacke noch feucht, da ich ja nicht auf höchster Stufe getrocknet hatte …

Es war mir sehr unangenehm, aber tiefer in den Fettnapf konnte ich ohnehin nicht mehr treten.

Thomas holte tief Luft, was ihm aber auch nicht mehr Farbe ins Gesicht trieb.

Mit einem etwas verzerrten Lächeln zog sich die alte Dame ihren Anorak an, drückte mir eine Spende in die Hand, und ich wusste, diesen Gast sehen wir nie wieder.

Ich sollte Recht behalten!

Sollten Sie sich jedoch um Thomas Sorgen machen, ist das absolut nicht notwendig. Ich habe ihn vorgestern getroffen und er sah blendend aus – mit bester Gesichtsfarbe.

Aber ob er uns je wieder irgendjemanden vorstellt, ist fraglich.

Keine Sorge. Sie finden noch
ein Photo von Thomas in diesem Buch!

Rotkäppchen.

der schlimmste Hund der Welt!

Erdäpfel-Pilz-Suppe

» In 30 Minuten auf dem Tisch
» Ergibt ca. 4 Portionen

Einkaufsliste:

3-4 Erdäpfel, 150 g Champignons, 1 mittlere Zwiebel
1/8 l Weißwein, 1/8 l Kokosmilch, 1 l Gemüsesuppe
1 TL Maisstärke, 3 EL Olivenöl
Steinsalz, Kräutersalz, Pfeffer aus der Mühle,
Muskatnuss, Kümmel

Vorbereitung:

1. Die Erdäpfel schälen und in ca. 1 cm große Würfel schneiden.
2. Die Champignons putzen und mit einer Küchenrolle reinigen und blätterig schneiden.
3. Die Zwiebel schälen und fein hacken.
4. Maisstärke in die Kokosmilch einrühren.

Zubereitung:

1. Die Zwiebel in Ölivenöl glasig anlaufen lassen, die Champignons dazugeben und noch einmal kurz durchrösten.
2. Mit Weißwein löschen und reduzieren lassen, bereitstellen.
3. Die Erdäpfel in der Gemüsesuppe weich kochen.
4. Nun die reduzierten Champignons und die Kokosmilch dazugeben und cremig einköcheln lassen, noch einmal abschmecken, eventuell nachwürzen.

Serviertipp:

Vor dem Servieren mit frisch gehackter Petersilie bestreuen!

Nette Leute

Den ersten Satz eines an uns gerichteten E-Mails muss ich in diese Geschichte einfließen lassen, um zu einem besseren Verständnis beizutragen.

„Der Hund ist uns eindeutig unsympathisch und widerlich geworden, bei aller Liebe, das ist kein Hund, sondern ein Nerventrottel." In diesem Ton ging es auf den nächsten vier Seiten weiter.

Die Frage, wer der wahre Trottel ist, stellt sich uns nicht mehr, denn dazu haben wir genug Erfahrung mit so genannten Tierliebhabern. Für diejenigen von Ihnen, die jetzt nicht wissen, was ich meine, gebe ich eine kurze Erklärung ab:

Der wahre Trottel ist immer der Tierbesitzer. Das ist wie das Amen im Gebet, denn ein mit Liebe gehaltenes Tier wird kein so genannter Nerventrottel. Bei diesem Wort wird mir schon schlecht.

Doch wurde uns ein Ultimatum gestellt, in dem es hieß, dass das „Hundsgfrast" noch morgen abzuholen sei, denn „sonst bringan man um d' Eckn". So fuhr mein Mann am nächsten Tag nach Steyr, um den Hund aus seiner gefährlichen Situation zu befreien.

Aus Wien kam noch eine sehr engagierte Mitarbeiterin des Tierhilfswerks Austria, um das Hundemädl nach Vösendorf in den Wiener Tierschutzverein zu bringen, denn ein guter Platz in Klosterneuburg würde auf das Tier bereits am Tag darauf warten.

Gesagt – getan, die beiden nahmen den total verschreckten Hund mit. Eine Verzichtserklärung wurde ohne Zögern unterschrieben, denn man war ja schließlich froh, den Nerventrottel los zu haben.

Jedoch am Tag danach ging es dann so richtig los. Ein Anruf jagte den anderen, wie es dem Hund denn gehe, und ob er so lieb ist wie daheim, und überhaupt und außerdem.

Vom Wiener Tierschutzverein wussten wir bereits, dass das Tier im Moment gar nicht zu vermitteln wäre, da es handscheu, verschreckt und unsicher sei. Man müsse den Hund erst festigen, und er müsse Vertrauen bekommen, erst wenn das alles zutreffe, könne man das Hundemädl vermitteln.

Xena war demnach schwer misshandelt worden. Mein Mann beruhigte die ehemaligen Besitzer und erzählte, dass das Tier einen guten Platz hätte und alles in Ordnung sei.

Die Geschichte ist noch nicht zu Ende, denn jetzt wird es erst lustig: Wieder einen Tag später läutete abwechselnd bei meinem Mann und mir das Handy, und die besagten ehemaligen Besitzer forderten den Hund wieder zurück.

Harald, wie immer sehr ruhig und höflich, wie es sich eigentlich gehört, meinte, dass dies nicht mehr ginge, und erklärte die Sachlage. Nachdem sie bei meinem Mann nicht weiterkamen, versuchten sie dann bei mir ihr Glück.

Und nun der Dialog:

Der Name wurde geändert …

Herr Stumpf:

„Uns geht der Hund ab, wir woin eam wieda zruck."

Ich:

„Das Tier ist total verstört, und somit bekommen Sie es nicht mehr. Sie müssen etwas Fürchterliches mit Xena gemacht haben, dass sie so ist. Außerdem sind wir keine Marionetten, die heute den Hund abholen, morgen wieder zurückbringen und übermorgen wieder abholen."

Herr Stumpf:

„Sie haben die Verpflichtung, das Tier zurückzugeben."

Ich:

„Haben wir nicht, da Sie die Verzichtserklärung unterschrieben haben, und außerdem gibt es einige E-Mails, in denen Sie selbst schreiben, dass der Nerventrottel umgehend abzuholen sei."

Herr Stumpf mit lauter, erregter Stimme:

„I wü den Hund!“

Ich antwortete mit einem klaren und unmissverständlichen NEIN, legte auf und dachte, dass wir nun Ruhe hätten.

Dachte ich, aber da dachte ich wieder einmal falsch. Es klingelte wieder, und der gleiche Dialog begann von neuem. Nur dass er meinerseits mit der Aufforderung endete, mich in Ruhe zu lassen, denn ich hätte anderes zu tun, als mir ständig das Gleiche anzuhören.

Einige Male wurden meine Nerven und mein Handy noch strapaziert, und ich war am besten Weg, selbst ein Nerventrottel zu werden.

Es war bereits Mitternacht, mein Mann und ich saßen im Büro und arbeiteten, draußen tobte ein Schneesturm, und wenn ich aus dem Fenster sah, kam es mir vor, als würden die Schneewächten in Windeseile immer höher werden.

Zu Harald meinte ich, dass er morgen früh schneeräumen müsse, denn niemand käme mehr von unserem Berg herunter. Ich wollte mein Handy schon abdrehen, als es abermals läutete und ich die bekannte Stimme Herrn Stumpfs vernahm.

Herr Stumpf: „Wenn Sie den Hund net sofort bringen, kumm i mit meine Freind und dann pick ma eich an d' Wand und dann spüt's Granada.“

Ich: „Schöner Schlager, hab ich ständig im Radio gehört, als ich noch ein Kind war. Singen können Sie auch, nicht nur Tiere quälen? Gratuliere und gute Nacht, mein Herr.“

Ich legte auf, oder wie soll man das bei einem Handy nennen?

Und wieder ein Läuten.

Ich: „Ja bitte, was möchten Sie mir noch Nettes mitteilen?“

Er: „I kaun da a den Bauch aufschlitzen lassen, du Trutschn.“

Ich: „Ich hab aber keinen Bauch.“

Er: „Dann kum i und schneid da die Köhn (Kehle) durch, wennst den Hund net hergibst.“

Ich: „Ist in Ordnung, aber ein paar Tage müssen Sie sich schon gedulden, denn es ist so viel Schnee bei uns, dass Sie den Berg nicht zu uns hinaufkommen werden, und Sie werden doch hoffentlich einsehen, dass wir nicht extra für Sie und Ihre Freunde noch um diese Zeit Schnee schaufeln."

Ich hörte, wie er voll Zorn den Telefonhörer aufknallte.

„Der gibt jetzt Ruhe", sagte ich zu meinem Mann.

Weit gefehlt, nun läutete zur Abwechslung Haralds Handy.

Herr Stumpf: „Hearn 'S, Sie hom a so a depperte Oide, wos glaubt denn de? Des los i ma net gfoin von dera Depperten, i geh zum Onwoit."

Harald: „Tun Sie das, es wird wohl das Beste sein."

Er beendete das Gespräch und schaltete das Handy aus. Dann erzählte er mir, dass Herr Stumpf meinte, ich sei eine „depperte Oide".

„Und da hast du ihm nicht gleich etwas gesagt, auf diese Frechheit?", meinte ich.

„Was glaubst du, wenn ich gesagt hätte, dass er irgendwie Recht hat, wie groß wäre der dann geworden?", grinste er mich an.

In meiner Nähe liegt immer etwas, das man jemandem nachwerfen kann … und ich warf. Harald drehte sich um und meinte: „Hab's ja gewusst, dass er irgendwie recht hat."

Kleiner Nachsatz: Unsere Bäuche und Kehlen sind immer noch heil!

ARAFAT

bricht alle Herzen und wickelt alle Besucher unseres Hofes um seine Pfoten. (Sägt jedoch in der Nacht ganze Wälder um).

Frühlingsrollen

» In 20 Minuten zubereitet
» In 30 Minuten auf dem Tisch
» Ergibt ca. 4 Portionen
» Ergibt 16 Frühlingsrollen

Einkaufsliste:

2 Packerl Blätterteig
200 g frische Sojasprossen
1 Stange Lauch, 100 g Karotten
100 g Champignons
1 Knoblauchzehe
1/2 TL gehackter Ingwer
1 EL Sojasauce
3-4 EL Pflanzenöl
Natursalz, Pfeffer

Vorbereitung:

1. Das Backrohr vorheizen.
2. Die Karotten, den Lauch und die Champignons waschen, putzen und in Streifen schneiden.
3. Die Sojasprossen waschen und gut abtrocknen.
4. Den Knoblauch schälen und fein hacken.

Fülle:

1. Öl in einer Pfanne oder einem Wok erhitzen, die Champignons solange rösten, bis sämtliche Flüssigkeit verdampft ist.
2. Aus der Pfanne nehmen und bereit stellen. Nun das restliche Gemüse und den Ingwer kurz durchrösten (ca. eine halbe Minute lang), den

Knoblauch zugeben und mit Sojasauce löschen, die Champignons darunter mischen.
3. Mit Natursalz und Pfeffer würzen, aus der Pfanne nehmen und erkalten lassen.

ZUBEREITUNG:
1. Den Blätterteig aus der Packung nehmen und ausrollen, in 12 x 10 cm große Rechtecke schneiden. Die Ränder der einzelnen Teile mit Wasser bestreichen und die Füllung in die Mitte häufen.
2. Die Seiten übereinander legen, ca. 1 cm überlappend, so dass die offene Seite verklebt.
3. Mit der Naht nach unten auf ein Backblech legen und als Unterlage das Backpapier verwenden, so bleibt das Blech sauber.

BACKEN:
Die Rollen mit Wasser bestreichen und bei 220 ° Heißluft ca. 14-16 Minuten goldbraun backen, Ober- und Unterhitze auf 230°.

SERVIERTIPP:
Unbedingt warm servieren, kann als Vor- oder Hauptspeise angeboten werden.

Spatze und ihre Freunde

Schwiegermamas Geheimrezepte

Einige Rezepte darf ich Ihnen mit dem Sanktus meiner Schwiegermutter verraten.

Erdbeerkonfitüre mit Pfiff

1 kg Erdbeeren
1 Orange
1 kg Gelierzucker
5 Esslöffel Cointreau oder Grand Marnier

1. Die Erdbeeren putzen, waschen und pürieren.
2. Die Orange schälen, die Schale in feine Streifen und das Fruchtfleisch in Stücke schneiden.
3. Mit dem Gelierzucker vermischen und 6 Minuten kochen.
4. Abschließend den Likör einrühren und in Gläser füllen.

Birnenchutney

Sehr pikant und jahrelang haltbar.

6 Birnen
2 Zwiebeln
1 rote Paprikaschote, 1 grüne Paprikaschote
2 Äpfel
2 Knoblauchzehen
250 g Rosinen
250 g Zucker
2 Esslöffel Currypulver

1/4 l Essig
1/8 l Wasser
Salz
Pfeffer

1. Das Gemüse fein putzen und klein schneiden, mit den restlichen Zutaten vermengen und in einen nicht zu kleinen Topf geben.
2. Bei schwacher Hitze 1 Stunde kochen.
3. Mit dem Mixer die ausgekühlte Masse pürieren, nochmals erhitzen und in Gläser füllen.

Marillenmarmelade

1 kg Marille
1 kg Gelierzucker
1/2 Teelöffel Zimt

1. Die Früchte putzen und entkernen, passieren, mit dem Gelierzucker vermengen und aufkochen lassen, 6 Minuten sprudelnd weiterkochen lassen, pro Kilogramm Früchte ein Stamperl Rum hinzufügen und abfüllen.
2. Auch der Köchin sei ein Stamperl vergönnt!

Zitronengelee

10 Zitronen
1 kg Gelierzucker

1. Den Saft von 10 Zitronen und den Gelierzucker mit einem 3/4 l Wasser auffüllen.
2. Die Schale einer unbehandelten Zitrone hineinreiben.
3. Alles aufkochen und 6 Minuten sprudelnd weiterkochen lassen, in Gläser füllen und verschließen.

Maiwein

Das ist ein 100 Jahre altes Rezept!

3 l Weißwein
20 g Waldmeisterblüten und -blätter
20 g Walderdbeerblätter
10 g Blätter von schwarzen Ribiseln
150 g Staubzucker
10 g Blätter von der Gundelrebe

1. Die Blätter werden in ein großes, vorgewärmtes Gurkenglas gelegt, mit dem Staubzucker bedeckt und 3 Stunden lang stehen gelassen.
2. Danach wird der Wein darübergegossen und alles nochmals 3 Stunden stehen gelassen. Dann in Flaschen füllen und in den Keller legen.
3. Der Maiwein ist sehr gesund und hält viele Monate lang.

Löwenzahnhonig

1. Zwei in Scheiben geschnittene Zitronen und 40 voll erblühte Löwenzahnblüten (ohne Käfer) kocht man eine Viertelstunde in einem Liter Wasser.
2. Dann seiht man die Blüten ab.
3. In das Blütenwasser gibt man 1 kg Gelierzucker und lässt dieses Gemisch 1 Stunde langsam köcheln.
4. In mit heißem Wasser vorgewaschene Gläser abfüllen und gut verschließen.

Frau Miele

Das Glück der Pferde

Durch das von uns gerettete Pferd Valentino lernte ich im Waldviertel einige Pferdebesitzer kennen. Auch den Sepp Fleischacker, der gleich beim ersten zufälligen Kennenlernen von mir folgendes dachte: „Na, die blöde Stadttussi wird in drei Wochen sicher kein Interesse mehr an ihrem Pferd haben."

Ich stand in Stöckelschuhen und Pelzmantel (damals trug ich so etwas noch) im Stall, die Heugabel in der Hand, wo eigentlich die Mistgabel die Richtige gewesen wäre.

Aller Anfang ist schwer, und Gummistiefel hatte ich damals noch keine. So ging ich eben im vorhandenen Schuhwerk zu den Rössern.

Valentino kam mir im Vergleich zu unseren Hasen und dem Dackel ungeheuer groß vor, und irgendwie hatte ich ziemlichen Respekt vor ihm.

Wir hatten damals noch keine Unterbringungsmöglichkeit für das neue Familienmitglied, da ja niemand ahnen konnte, dass wir von einer Tagung statt mit Unterlagen und Informationen mit einem Pferd heimkommen würden.

So war das Tier bei einem Bauern im Stall eingestellt, wo noch zwei Rösser standen. Mit viel Geduld (und noch mehr Verachtung der Stadttussi gegenüber) brachte mir Sepp bei, wie man ausmistet, Hufe auskratzt, das richtige Futter vorbereitet und vieles mehr. Ich denke, ich war eine brave Schülerin und langsam wurden wir Freunde. Vielleicht haben ihm auch nur meine neuen Gummistiefel gefallen, oder vielleicht hat Sepp bemerkt, dass ich doch nicht so eine eingebildete Stadtpflanze bin, wie er zunächst angenommen hat. Ich weiß es nicht.

Wir tratschten immer mehr miteinander, erzählten uns unsere Ängste und Sorgen und – ganz wichtig – den neuesten

Dorfklatsch. Darin war er Weltmeister, immer alles aus erster Hand zu wissen. Auf jeden Fall fragte er mich eines Tages, ob wir nicht miteinander ausreiten könnten, denn es sei ein so schöner Tag, und das mache den Pferden sicher Spaß, einfach nur mit ihnen spazieren zu gehen.

„Ich bin noch nie auf einem Pferd gesessen, das trau ich mich nicht", sagte ich.

„Sonst bist so goschert, und jetzt geht dir da Reis, jetzt genier dich", pflanzte er mich.

So etwas lasse ich mir nun wirklich nicht sagen, und ich gab aus Stolz nach. Sepp zeigte mir, wie man aufzäumt und sattelt.

Das hat er mir übrigens ich weiß nicht wie oft gezeigt, bis ich es kapiert habe. Als sein Pferd Fritz und mein Valentino gesattelt waren, wollte ich auf das Ross aufsteigen, aber irgendwie war da die Schwerkraft meines dicken Hintern. Ein Strohballen musste her, und oben war ich auf dem Pferd. Verflixt hoch ist so ein Ding, und Bremse hat es auch keine, und das soll Spaß machen?

Fanny, das dritte Pferd im Bunde, lief einfach so mit. Ich wär eigentlich auch lieber so mitgelaufen, aber das wollte ich nicht zugeben. Also ritten wir durch die Wälder und genossen es, stundenlang mit unseren Pferden zusammen zu sein.

Solche Ausritte machten wir von nun an täglich, und ich wurde immer mutiger und verlor langsam meine Angst. So lernte ich das Traben, und irgendwann fragte ich Sepp: „Wie geht denn galoppieren?" Seppls kurze Antwort: „Schnö."

Noch bevor ich etwas sagen konnte, galoppierte er mit Fritz davon, und da ich keine Ahnung vom Reitsport hatte und daher mein Pferd nicht stoppen konnte, galoppierte Valentino dem Haflinger Fritz wie ein geölter Blitz hinterher.

Ich schrie wie am Spieß, ich plärrte verzweifelt, aber das nützte nichts. So ergab ich mich meinem Schicksal und blieb wider Erwarten auf dem Pferd sitzen und küsste nicht die Erde – Anfängerglück!

GRUSELPHOTO
oder zwei Bleichgesichter
auf ihren Rössern

Sepp

Fritz

ich

Valentino

„Bist deppert worden, jetzt hab i die Hose fast voll gekriegt", sagte ich zu Sepp.

„Aber du hast mich doch g'fragt, wie galoppieren ist", meinte er.

„Du Depp, aber ich hab nicht g'sagt, dass ich das möcht, oder?"

„Oh, das war aber ein dummes Missverständnis meinerseits", bedauerte er. Dabei grinste er so blöd, dass ich ihn am liebsten im Bach ertränkt hätte.

Keine Sorge, er lebt heute noch. Am nächsten Tag holte er mich wieder ab, und diesmal musste ich mein Pferd selbst satteln.

Wie ich schon gesagt habe, hat Sepp mir gezeigt, wie man ein Pferd sattelt und dass man auch nachsatteln muss, denn die Viecher blasen sich immer auf, wenn man den Gurt um ihren Bauch legt. Darum muss man nach ein paar Minuten den Gurt noch einmal öffnen, um nachzusatteln, aber das erledigte eigentlich immer der Sepp für mich, und ich verließ mich da komplett auf ihn.

Valentino und Fritz waren fertig zum Ausritt, und Fanny durfte wieder mitlaufen. Wir waren schon eine Weile unterwegs, als Sepp mich fragte, ob wir ein Stück galoppieren sollten.

„Ja, aber nur bergauf, denn da hab ich das Gefühl, nicht so tief hinunterzufallen."

Los ging's im gestreckten Galopp, als ich merkte, dass mein Sattel immer mehr zu rutschen begann und ich langsam, aber sicher Richtung Pferdebauch wanderte. Wieder plärrte ich nach meinem Reitkumpel. Er kam mit seinem Pferd zu mir galoppiert und meinte ganz trocken: „Ich hoffe, du merkst dir jetzt endlich, dass man nachsattelt und sich nicht immer auf andere verlässt."

Ich weiß zwar nicht mehr, wie man aufzäumt, aber das Nachsatteln werde ich nie vergessen.

Noch lange Zeit ging ich durch eine harte Schule, und alles, was ich über Pferde weiß, habe ich meinem strengen „Reitlehrer" zu verdanken. Wir sind schon vor sehr langer Zeit vom Waldviertel weggezogen, aber die Erinnerungen sind geblieben, und ich möchte die Zeit zurückdrehen können, um mit Sepp und unseren Pferden noch einmal auszureiten … auch wenn ich das hundertste Mal vom Pferd fliegen würde … das wär die Sache schon wert.

Blaue Flecken vergehen, aber das Heimweh nach Altpölla ist immer noch in meinem Herzen, und ich fürchte, es wird auch nicht mehr vergehen.

Spinat-Erdäpfel-Strudel

» In 30 Minuten zubereitet
» In 60 Minuten auf dem Tisch
» Ergibt einen Strudel mit ca. 4 Portionen

Einkaufsliste:

1 Packerl Strudelteig
30 g flüssige Margarine zum Bestreichen
300 g mehlige Erdäpfel
50 g Soya Cuisine
60 g Margarine
200 g Blattspinat, frisch oder tiefgekühlt
30 g Maisstärke
1 kleine Zwiebel
1-2 Knoblauchzehen
Salz, Pfeffer, Kräutersalz, Muskatnuss

Vorbereitung:

1. Das Backrohr vorheizen.
2. Die Erdäpfel weich kochen, schälen und durch eine Erdäpfelpresse drücken
3. Den Blattspinat waschen und blanchieren oder tiefgekühlten Spinat auftauen lassen, die Flüssigkeit aus dem Spinat drücken, grob hakken

Fülle:

1. Die fein gehackte Zwiebel in zerlassener Margarine anlaufen lassen, den gehackten Knoblauch und den Spinat dazugeben, kurz durchrösten.

2. Die passierten Erdäpfel mit Soya Cuisine, Gewürzen und Maisstärke gut schaumig rühren, die Spinatmasse unterziehen, fertig.

ZUBEREITUNG:

1. Die Strudelblätter auf ein befeuchtetes Küchentuch legen, zwischen den Blätter mit zerlassener Margarine bestreichen, die restliche Margarine bereithalten.
2. Die Fülle auf dem Teig verteilen, ca. 3 cm Rand aussparen, die ausgesparten Seitenränder über den Teig legen.
3. Mit Hilfe des Tuchs zu einem Strudel rollen, danach den Strudel auf ein Backblech legen.
4. Mit flüssiger Margarine bestreichen und backen.

Das geräuschvolle Pferd

In meinen Gedanken und Erinnerungen lässt mich die Zeit, als mein Mann und ich noch im Waldviertel wohnten, einfach nicht los. Ich leide immer noch sehr darunter, dass ich nicht mehr dort leben kann.

Heimweh ist etwas ganz Grausliches, und je mehr ich Ihnen von diesen ereignisreichen Jahren berichte, umso mehr würgt es mich im Hals, und die Tränen steigen auch langsam auf. Gott sei Dank nehme ich eine wasserfeste Wimperntusche, denn würde ich das nicht tun, wäre mein Gesicht am Ende dieser Geschichte ganz schön schwarz verschmiert.

Ich komme zum Thema Pferd, denn damit gab es die größten Überraschungen und Abenteuer, die ich nie und nimmer missen möchte.

Unser Ross Valentino hatte einen kleinen, aber feinen Pferdefreundeskreis. Da war zunächst die zweijährige Stute „Fanny", ein sehr attraktives Haflingermädel, und sehr anschmiegsam. Dann gab es ihren schon etwas in die Jahre gekommenen Vater „Fritz", den größten Pferdehallodri auf Gottes Erdboden. Warum?

Nun, er versuchte, auch Kühe zu decken und Esel und alles, das seine Größe und vier Haxen hatte. Er war ein stattlicher Haflingerhengst und liebte lange Spaziergänge in der totalen Freiheit des Waldviertels. Sozusagen ein echter Naturbursch.

Wenn ich mit ihm ausritt, war es wie das Amen im Gebet, dass er mit mir durchging, aber immer bevor ich drohte, mit der Erde auf du und du zu gehen, blieb er stehen, wartete, bis ich wieder fest im Sattel saß, um dann wieder weiter mit mir durchzugehen.

Er war eben ein echter Gentleman (ein echtes Gentlehorse), und ich konnte mich in jeder gefährlichen Situation auf Fritz verlassen. Mit einem Wort – er war ein erfahrenes Pferd und ich eine unerfahrene Reiterin. Eigentlich ein ungleiches Team, das trotzdem wie Pech und Schwefel zusammenhielt. Damals wussten wir beide auch noch nicht, dass ich ihn einmal mit meinem Mann vom Schlachthof retten würde.

Nur einen Fehler hatte er, zum großen Gaudium der oft mitreitenden Freunde. Haflinger Fritz hatte ständig Blähungen, und besonders beim Traben kamen laute Töne, wie aus einer Maschinenpistole. Sepp, mein guter Freund und Reitlehrer, meinte dann immer: „Geh', Doris, muss das sein?"

Wenn ich mich zu verteidigen versuchte, hieß es dann immer: „Geh', schieb's net auf den alten Fritz!" Irgendwann gab ich auf.

An einem schönen Sommertag machte mir Freund Sepp den Vorschlag, doch zu der Pferdeweihe nach Altenburg reiten. Ich war begeistert und willigte ein, aber nur unter der Bedingung, nicht auf meinem lebhaften Pferd Valentino reiten zu müssen, denn ihm war es egal, ob ich mich per Flug von ihm verabschiedete. So tauschten wir die Pferde.

Sepp nahm mein Ross und ich seines, und mit uns durfte noch die Tochter von Fritz und ein Pferd aus der Nachbarschaft mit, das wir ein Jahr später ebenfalls vor dem sicheren Tod retteten. Die Isländerstute trug den Namen „Conny".

Wir striegelten stundenlang unsere Pferde, die Sättel und das jeweilige Zaumzeug wurden blitzblank geputzt. Die Hufe der Pferdln wurden mit Huffett poliert. Sepp und ich rochen einmal nicht nach Stall, sondern waren mehr als herausgeputzt, und auch die Reitstiefel waren zufällig nicht voll Dreck.

So ritten wir los, über Feldwege. Links und rechts von ihnen stand nur blühender Mohn. An diesen Feldern konnte ich mich nicht satt sehen. Viele Filme habe ich mit diesem Motiv „verschossen". Vielleicht finde ich in meinem Photochaos noch Bilder von diesem Naturschauspiel, denn auch die Wolkenstimmungen habe ich noch nirgendwo schöner erlebt als im Waldviertel.

Und dann diese Freiheit! Eine Freiheit, die ich mir nur mehr erträumen kann, aber nicht mehr realisieren. Oberösterreich ist anders ... mit den Möglichkeiten auszureiten. Sollte ich also doch noch ein Bild von den Mohnfeldern finden, gebe ich es in das Buch. Versprochen – ich werde suchen.

Zurück zu unserem Wanderritt. Wir kamen beim Schloss Greilenstein vorbei, wo Fritz gleich in den Schlosshof einbiegen wollte, weil dort eine schöne Araberstute stand, die anscheinend ganz sein Typ gewesen sein dürfte. Mit Müh und noch mehr Not kam ich mit ihm doch an der Pferdedame vorbei, wobei er ständig wieherte und den Kopf in ihre Richtung drehte. Alles sehr mühsam, wenn man nicht reiten kann und ständig Angst hat, vom Pferd zu fallen.

Endlich im Stift Altenburg angekommen, waren schon jede Menge Ross und Reiter an Ort und Stelle. Und dann kamen WIR hoch zu „Würschtl" und hatten unseren großen Auftritt, von dem ich Ihnen kurz berichten möchte.

Man stelle sich vor: ein wunderschönes Stift, feierliche Atmosphäre, Blumenschmuck von heimischen Gärtnern und Floristen, durchgestylte Reiter – und damit meine ich wirklich durchgestylte Reiter – und edle Pferde.

Da standen wir unter den Reichen und Schönen, den Adeligen und den noch ehrwürdigeren Pferden. Möchten Sie wissen, wie wir da standen?

Nun, mit einem einäugigen Hannoveraner, einem alten furzenden Haflinger, einer Isländer-Haflinger-Mischung und einer bladen Haflingerstute.

Wir waren gestylt mit gewaschenen, jedoch mit Flicken versehenen Jeans, Leiberl und sauberen Gummistiefeln. Hände und Gesicht waren auch gewaschen!

Man sah uns kleine Gruppe, die ihre Pferde nicht mal an einer Führleine von Etienne Aigner, sondern an Stricken führte, etwas indigniert an. Stolz erhobenen Hauptes stellten wir uns zu den in einer Reihe stehenden Pferdebesitzern und ihren Ferden (wenn man vornehm ist, sagt man Ferd).

„Was soll denn das in unserer Mitte? Das ist doch absoluter Mob, muss man sich solche Leute und so hässliche Pferde überhaupt geben?“, hörte ich ein Raunen neben mir.

„Ha, ha, sind das überhaupt Ferde?“

„Na, was sollen die vier denn sonst sein? Saurier vielleicht, oder was?“, lautete meine flegelhafte Antwort.

„Primitiv sind die ja auch noch, na pfui!“, näselte ein etwas pubertierendes Bürscherl. Sepp hielt sich im Hintergrund und schüttelte über diese versnobten Schnösel nur den Kopf.

Als der Pfarrer mit seinen Priestern mit der Tiersegnung begann, war die Diskussion vorerst beendet, nur ab und zu traf uns ein giftiger Blick. Ist ja wirklich eine Zumutung, mit solchen Leuten wie uns und diesen unmöglichen Pferden in einer Reihe zu stehen. Meinem verkorksten Nachbarn hielt ich kommentarlos ein Plastiksackerl unter die Nase, falls ihm schlecht werden sollte, wenn er irrtümlich Fritz und mich ansah. Er nahm es jedoch nicht an.

Vielleicht weil es vom Hofer und nicht vom Meinl am Graben war? Das werde ich wohl nie erfahren.

Fritz war sehr aufgeregt, wegen der tollen Stuten, und wieherte plötzlich drauf los, gab jedoch bald wieder Ruhe und stand ganz andächtig da. Der Pfarrer predigte über Tiermisshandlungen, und ich dachte mir mit einem Blick auf seinen Bauchumfang, wieviele Schweinebraten aus Massentierhaltung wohl darin schon verschwunden waren? Meine Gedanken flüsterte ich Sepp zu, und der meinte nur: „Bitte denk einmal leise und platz nicht gleich mit allem heraus!“

Die Predigt war vorüber, und es war ganz still, nur ein paar Vögel hörte man zwitschern, und wenn man sich die arroganten Herrschaften wegdachte, war es eine sehr schöne, feierliche Stimmung. Pfarrer und Priester gingen von Ross zu Ross, um jedes Tier einzeln zu segnen.

Und dann war Sepp mit meinem Pferd Valentino an der Reihe, und ein Ministrant fragte, warum das Tier nur ein Auge hatte. Sepp erzählte die Geschichte, und die Geistlichen waren entsetzt über soviel Leid, das mein Pferdl hatte ertragen müssen.

Jetzt waren Fritz und ich an der Reihe, und es war ganz still, die versnobte Reitergesellschaft sah Fritz und mich mit einer Arroganz und einer Präpotenz an, die unbeschreiblich waren, und Fritz gab die einzig richtige Antwort.

Er ließ seinen Blähungen freien Lauf, so laut er konnte, mistete drauf los, in einer Menge, die ein ganzes Rosenbeet hätte düngen können, und wieherte auf Teufel komm raus.

Sein Auftritt war gekommen, und als er bei einem Priester ein Sackerl mit Zucker entdeckte, war's ganz aus mit ihm. Fritz zog den Geistlichen fast aus, um an die für alle „Ferde" bestimmte Süßigkeit zu kommen, und ich war damit beschäftigt, ernst zu bleiben. Das war kein leichtes Unterfangen, glauben Sie mir!

Letztes Bild, damit Sie sich vorstellen können, wie das Ende der Zeremonie war: Die wunderschöne Kulisse des Stiftes Altenburg, Sonnenschein, stimmungsvolle Wolkengebilde. Der Gestank von Rossknödeln, der jeden Blumenduft übertrumpfte. Hohe und mehr als entsetzte, mit vornehmer Blässe ausgestattete Snobs. Edle Pferde und nicht so edle Pferde, nämlich unsere: ein extrem laut furzender Haflinger und ein etwas ramponierter Priester.

Halleluja!

Nach langem suchen. doch noch gefunden.

Spieße mit Ratatouille

» In 30 Minuten zubereitet
» Ergibt ca. 4 Portionen

Einkaufsliste:

400 g Tofu
4 EL Maisstärke
Holz- oder Metallspieße
Maiskeimöl zum Braten

Für die Ratatouille:

1 mittlere Zucchini
3 Tomaten
1/2 rote Paprika
1/2 gelbe Paprika
1 mittlere Zwiebel
3 EL Tomatenmark
Basilikum, Oregano, Rosmarin
Pfeffer, Natursalz

Marinade:

4-5 EL dunkle Sojasauce
1-2 EL Ahornsirup
5-6 Spritzer Tabasco
2 EL frisch gepresster Limettensaft
1 EL frisch geriebener Ingwer

Vorbereitung:

1. Die Zwiebel in Streifen schneiden.
2. Die Zucchini, Tomaten und Paprika waschen und in Würfel schneiden.

3. Den Tofu in gleich große Stücke schneiden und in die Marinade legen. Zugedeckt im Kühlschrank eine Stunde marinieren, eventuell die Stücke wenden.

RATATOUILLE:

1. 2 EL Olivenöl in einer beschichteten Pfanne erhitzen, das vorgeschnittene Gemüse und die Zwiebel dazugeben und das Ganze 2 Minuten rösten.
2. Tomatenmark dazugeben und ca. 1 Minute mitrösten.
3. Mit Gewürzen und Salz abschmecken, etwas Wasser dazugießen, einige Minuten einköcheln lassen, bis die Sauce schön sämig ist.

Das Gemüse sollte bissfest bleiben!

ZUBEREITUNG:

1. Den Tofu aus der Marinade nehmen und abtrocknen.
2. Die Tofu-Stücke auf die Spieße stecken und in der Stärke wälzen, die überschüssige Stärke abschütteln.
3. Maiskeimöl in einer Pfanne erhitzen und die Spieße goldbraun herausbraten.

SERVIERTIPP:

Dazu würde ich als Beilage Bratkartoffeln oder Reis empfehlen.

Die Untersuchung

Wie viele Leser meines zweiten Buches bereits wissen, arbeitete ich früher in einem Ambulatorium in Wien. Genau gesagt, trieb ich mein Unwesen in der Zahnambulanz und im Röntgen. Das heißt: zweimal jährlich ab zur Strahlenschutzuntersuchung.

Wie ich diese Untersuchung auf den Tod nicht leiden konnte, kann ich nicht in Worte fassen. Strahlenuntersuchung heißt aber auch: Harnprobe – lästig, Blutprobe – grauslich, Stuhlprobe – auch lästig.

Als ich an einem Montagmorgen mein Zimmer betrat und auf meinen Schreibtisch blickte, war der Tag schon im Eimer, denn es lag unübersehbar auf einem Stoß Karteikarten die Überweisung zur jährlichen Strahlenschutzuntersuchung.

Ich kann auf Befehl zwar mein Blut hergeben, aber auf Befehl Harn- und Stuhlprobe abzuliefern, hat mich immer schon aufgeregt und hat auch nie geklappt. Manchmal gibt es aber das berühmte Glück im Unglück.

Der Mann einer Kollegin hatte entsetzliche Zahnschmerzen und wollte nicht in die Zahnambulanz, wo er eigentlich hingehört hätte, zur Erstbehandlung. Er wollte auf Zimmer 409 behandelt werden, wo ich meinen Dienst zu versehen hatte, da er den Zahnarzt bereits kannte. Ich willigte unter der Voraussetzung ein, dass er mir ein wenig Stuhl spendierte.

Der Deal war perfekt, und er wanderte mit dem Röhrchen für die Kotprobe auf die Toilette, um nach einiger Zeit mit dem kostbaren Gut wieder herauszukommen. Ich schnappte die Probe und lief in den dritten Stock, wo sich das Labor befand.

„Bist krank, du gibst deine Stuhlprobe schon ab? Wir müssen doch sonst ewig darauf warten. Das schreib ich in meinen Kalender“, meinte eine Schwester aus dem Labor. „Und wenn du schon da bist, kannst gleich aufs Klo gehen, um die Harnprobe abzugeben", quälte mich eine andere Laborantin.

„Die gehen mir auf die Nerven", dachte ich mir.

„Ich muss nicht aufs Klo", jammerte ich

„Du gehst jetzt aufs Klo und keine Diskussion", meinte der allergrößte Labordrachen.

„Übrigens, hast eh nicht wieder ein Mousse au chocolat statt deiner Stuhlprobe in das Röhrl g'schmiert?", meinte die Nächste.

„Was habt ihr denn heute?"

„Na, wir kennen dich, und geh jetzt endlich aufs Klo."

„Mathilde, dreh das Wasser auf, weil sonst wart ma bis übermorgen auf die Probe."

„Nimm jetzt endlich den Becher und verschwind!"

Unter dem Absingen von schmutzigen Liedern verschwand ich, schließlich blieb mir eh nichts anderes übrig. Das Ergebnis war nicht besonders ergiebig, und man lästerte über mein fast leeres Glasl. Na ja, wie auch immer.

Dann schritt ich zur Blutabnahme und kratzte, so schnell es ging, die Kurve, um wieder meiner Arbeit nachzugehen. Zu Mittag ein Anruf aus dem Labor: „Doris, komm bitte herunter zu uns, wir müssen mit dir sprechen."

„Das kann nichts Gutes sein", dachte ich.

Im Labor angekommen, eröffnete man mir, ich hätte Würmer und müsste nun eine Wurmkur machen. Natürlich konnte ich nicht sagen, dass ich keine Würmer hatte, denn sonst wär ja alles aufgeflogen, und so unterzog ich mich der Behandlung. Als ich der Frau meines persönlichen Stuhlprobelieferanten über den Weg lief, meinte ich nur: „Du, übrigens, dein Mann hat Würmer!"

„Sag, spinnst jetzt komplett?", fragte sie mich ein bissl verwundert. Ich rückte mit der Wahrheit ans Tageslicht, sie schüttelte den Kopf, ich schluckte Tabletten gegen meinen vermeintlichen Wurmbefall, und ihr Mann hat mir noch viele Jahre aus der Klemme geholfen – entwurmt natürlich!

Marie von Kaiserbründl

bei ihren

Schönheitsschlaf

Das Weihnachtsgeschenk

Bevor ich Ihnen meine Geschichte erzähle, möchte ich mich kurz vorstellen.

Ich bin ein rosarotes, sehr gepflegtes Minischwein, denn auf mein Äußeres lege ich größten Wert. Mein Name ist Frau Loubé. Warum ich diesen Namen bekommen habe, berichte ich später.

Lange Zeit lebte ich in Wien in einer ganz kleinen Gemeinebauwohnung im 10. Stock. Gekauft wurde ich als Baby, und meine Besitzer waren entzückt von mir, aber sie wollten nicht glauben, dass auch Minischweine wachsen. Natürlich werden wir nicht sehr groß, aber 30 kg bringen wir ausgewachsen schon auf die Waage, auch wenn wir noch so auf die Figur achten.

Ab dem Zeitpunkt des Erwachsenwerdens liebte man mich nicht mehr, ganz im Gegenteil, man misshandelte mich, und ich war zu dieser Zeit sehr, sehr unglücklich.

Irgendwann kaufte man ein zweites Schwein, und ich dachte mir: Sind diese Leute noch zu retten? Glauben sie, dass der Kollege nicht wächst? Mir ging ein Licht auf! Man kaufte uns als Kinderspielzeug!

Ich verstand mich sehr gut mit meinem neuen Spielgefährten, aber eines Tages wurde er abgeholt, und ich weiß bis heute nicht, was mit ihm geschehen ist. Meine Psyche war im Keller und meine Depressionen waren nicht mehr in den Griff zu bekommen, auch wenn ich mich noch so bemühte.

Ich weiß nicht, wer von den Nachbarn beim Wiener Tierschutzverein angerufen hat, es muss wohl ein Engel gewesen sein. Dieser Engel zeigte meinen Besitzer an, und bald darauf holte man mich mit der Tierrettung ab. Damals habe ich mich sehr aufgeregt, denn ich wusste ja nicht, wer diese fremden Menschen waren.

In eine Kiste wurde ich verladen und nach einer nicht allzu langen Fahrt wieder ausgeladen, dann kam ich in eine Box mit viel Stroh. Auch gutes Futter war bereits vorbereitet.

Ich verstand die Welt nicht mehr und war verunsichert, als ich plötzlich Schweinestimmen hörte, die mir laut grunzend mitteilten, dass ich hier nichts zu befürchten hatte. Jedes dieser Tiere hatte ein schweres Schicksal hinter sich.

Angefreundet habe ich mich dann mit einem Babyhausschwein, das ebenfalls in einer Wohnung gehalten worden war, aber um es aufzuessen. Messer und andere Utensilien für seine Hinrichtung waren bereits gekauft und lagen griffbereit in der Küche. Es hätte nur mehr einige Tage zu leben gehabt, als wieder ein rettender Engel beim Wiener Tierschutzverein anrief und dieser gleich „ausrückte", um zu helfen. Da soll noch jemand über den Wiener Tierschutzverein ein böses Wort verlieren …

Meine Kollegen waren sehr lebhaft, aber ich hielt mich lieber etwas im Hintergrund, denn ich wollte nicht unangenehm auffallen.

Eines Tages, es war noch ganz früh am Morgen, hörte ich, wie zwei Tierpflegerinnen miteinander sprachen. „Morgen kommen das kleine Hausschwein und das Minischwein weg, dann haben wir wieder zwei freie Boxen." Ich war verstört, man sprach von mir, aber ich hörte nicht, wohin wir kommen sollten. Wieder in eine Wohnung oder vielleicht auf den Schlachthof?

Ich hatte unbeschreiblich große Angst, wie Sie sich vorstellen können. Am nächsten Tag nahm das Schicksal seinen Lauf.

Das kleine Schweinchen und ich hörten unbekannte Stimmen, und ich wusste, dass dies die Leute sind, die uns abholen kommen. Ich zitterte am ganzen Körper. Nicht so das kleine Hausschwein, das sofort ganz neugierig die beiden Menschen betrachtete. Es meinte: „Mach dir nicht gleich in die Borsten, die zwei Menschen sind in Ordnung. Krieg dich wieder ein, du Angsthase, äh, ich meine Angstschwein … oder so."

Dieses junge Ding hatte überhaupt keinen Respekt vor älteren Schweinen und war im wahrsten Sinne des Wortes saufrech. Ganz gschaftig hüpfte es um die Hofners und zeigte sich von seiner besten Seite. Auch tragen ließ es sich und rüsselte mit Doris in einer Art und Weise herum, die nicht mehr ganz jugendfrei war.

Dann war es soweit, wir wurden in den Pferdeanhänger, den sich Harald und Doris ausgeborgt hatten, verladen, und los ging es, in eine ungewisse Zukunft.

Der Kleine, vom vielen Schmusen total fertig, schlief sofort ein. Ich konnte die ganze Fahrt kein Auge zumachen, zu groß waren meine Bedenken und Ängste. Nach langer Fahrt waren wir am Ziel, und wieder wurden wir ausgeladen und in den Stall gebracht.

Die ganze Zeremonie wurde von wildem Hundegekeife begleitet, und ich kann Ihnen sagen, dieser Lärm ging mir gewaltig auf die Nerven. „Super, affengeil, echt steil ist es hier, endlich was los …", quietschte das Ferkelchen voll Lebensfreude, um auf der Klaue umzudrehen und Richtung Futterschüssel zu sausen. Manieren hatte der! Mir verging der Appetit bei so viel Lärm. Es keiften ja nicht nur die Hunde, sondern da lärmten Pfaue, Schweine, Pferde, Schafe, Ziegen und viele mehr.

Jeder hatte etwas zu erzählen, und jeder nahm sich hier so wichtig. Ich habe noch nie so eine ausgeflippte Tierbande erlebt, nicht einmal im Wiener Tierschutzverein.

Unsere Namen bekamen wir noch am gleichen Tag. Ich wurde „Frau Loubé" genannt, zu Ehren der Präsidentin des Wiener Tierschutzvereins, und das freche kleine Hausschwein wurde „Herr Hübl" getauft, nach der rechten Hand von Frau Loubé.

So, jetzt wissen Sie ein bisserl was über unseren Lebenslauf bis zu dem Zeitpunkt, an dem wir in das Tierparadies Schabenreith gezogen sind.

Herr Hübl war am nächsten Tag, nachdem er sich den Bauch mit allen Köstlichkeiten dieser Erde vollgeschlagen hatte, bereits mit 15 Schweinen unterwegs, um sich das Gelände anzusehen. Ich hingegen blieb lieber mit Vanessa und Franziska, zwei Hängehauchschweinen, im warmen Stall und schlief mich einmal so richtig aus.

Langsam fing auch ich an, mit der Seele zu baumeln, und ich fühlte mich irgendwie wohl. Manchmal kuschelte sich auch eine Katze an mich und schlief neben mir ein.

Doris dekorierte schon den Hof weihnachtlich, da sich einige Stammgäste angesagt hatten. Es waren nur noch wenige Tage zum heiligen Abend, und ich wollte Doris und Harald auch etwas schenken, und so dachte ich nach und grübelte, und plötzlich hatte ich eine Idee.

Zwei Tage vergingen, und die ersten Gäste waren bereits eingetroffen. Es war der 20. Dezember 2003, die Feriengäste waren einkaufen, und Harald war mit Doris im Stall, um auszumisten und das Futter vorzubereiten.

Da kam Doris in meine Box und hörte meine Überraschung quietschen. „Harald, komm schnell her, die Frau Loubé hat sich auf eine Katze gelegt, die fürchterlich schreit. Hilf mir bitte, das Schwein aufzuheben", rief sie ihren Mann.

„Spinnt die?", dachte ich mir. „Ich lieg doch auf keiner Katz', ich lieg auf meinem Geschenk. Extra viel gehüpft, dass sie noch rechtzeitig da ist – die Überraschung!", grunzte ich Aber Menschen verstehen halt keine Schweinesprache.

Die beiden hoben mich auf und sahen MEINE ÜBERRASCHUNG … und waren entsetzt. Ich war enttäuscht, hatte ich mir doch solche Mühe gegeben, wunderschöne Babies zu gebären – 9 Stück, bitte, das muss man erst einmal hinbekommen, denn so einfach ist das auch für ein Schwein nicht!

Harald und Doris sahen sich an und beschlossen, eine eigene Box für meine Kinder und mich herzurichten, und das bei ihrem akuten Platzmangel, aber sie haben es geschafft.

Da ich zu wenig Milch hatte, begann ein Wettlauf mit der Zeit, um einige meiner Kinder durchzubringen, und man rief die

Tierärztin. Das Geld hätten sie sich sparen können, denn ich wusste, wie man sich als Schweinemama verhält, nur die dummen Menschen glauben nicht daran, die wissen alles besser.

Von Anfang an wusste ich, dass es nicht alle schaffen werden, und ich konzentrierte mich auf die vier Stärksten. Fünf sind gestorben, und das hat Doris und Harald sehr traurig gemacht, und nicht nur sie, sondern auch die Gäste waren ganz fertig. Es hat mir sehr Leid getan, dass so viele Tränen über ihre Wangen liefen, aber so ist die Natur.

Ich zog also mit größter Sorgfalt meine Jungen auf, und ein Gast hat meinem Buben den Namen „Florian" gegeben, benannt nach ihrem Enkelkind. Auch eine große Taufe mit Sekt fand noch im Stall statt, und ich war stolz auf meine vier Kinder.

Florian hat von seiner Taufpatin gleich ein Startkapital bekommen und viele Streicheleinheiten noch dazu. Und fotografiert wurde! Claudia Schiffer ist mit ihrem Kind sicher nicht so oft abgelichtet worden, nur hat sie es auf die Titelseiten einiger großer Magazine gebracht. Das werde ich mit „Alma", „Anna", „Aloisia" und „Florian" sicher nicht, denn ich möchte sie wie ganz normale Schweine erziehen und von jedem Starrummel fernhalten.

Auch werde ich versuchen, dass meine Kinder nicht solche frechen Lauser wie Herr Hübl werden, denn der ist nicht zu bremsen und überall dran und kennt keine Grenzen. Ich bin jedoch der Meinung, dass auch Schweinebabies ihre Grenzen kennen lernen müssen, und ein höfliches Grunzen hat auch noch nie geschadet.

So schließe ich für heute diesen schweinischen Bericht und widme mich wieder der Erziehung meiner vier Kleinen.

Mit herzlichem Gruß

Ihre

Herr Mühl

sieht immer aus. als hätte er
eine Gasmaske auf.

Ein Schweinebabydialog

„Hallo, Leute, wir möchten uns kurz einmal vorstellen."

„Wir wurden am 20.12.2003 im Tierparadies Schabenreith geboren und wurden auf die Namen Alma, Aloisia, Anna und Florian getauft, so richtig mit Sekt und großer Feier. Das war schon ein Ereignis."

„Mensch, Alma, das wissen doch die Leser längst aus der vorherigen Geschichte."

„Na bitte, wie soll ich das wissen, du Klugscheisser?"

„Kinder, bitte, ihr wisst, dass ich solche Ausdrücke nicht dulde."

„Ja, Mama, 'Tschuldigung."

„Alma, vergrunz nicht immer die Anfangsbuchstaben. Wie heißt das richtig?"

„Bitte um Entschuldigung, Mama. Du, Mama, der Floh hat die Wasserschüssel umg'haut!"

„Alma, was hat der Florian gemacht?"

„Okay, okay, der Florian hat die Wasserschissl umg'schmissn!"

„Alma, bitte!"

„Dör Flörian höt dö Wösserschössel umgeschmössen!"

„Alma, wenn du weiterhin so dumm sprichst, bekommst du Stroharrest."

„Nein, Mama, bin schon ganz brav."

„Die Alma is a doofe Sau, die Alma is a doofe Sau!"

„Wer war das?"

Florian hebt die rechte Klaue und wird dunkelrosarot.

„Mama, ich war das, 'Tschuldigung."

„Wie heißt das?"

„Bitte, Mama, sei nicht böse."

„Wie heißt das?"

„Entschuldigung, Mama."

„Mama, die Anna hat an Apfel von den Hasen g'fladert!"

„Du blöde Petze, depperte".

„Außerdem heißt es: einen Apfel gestohlen."

„Schaut euch die Aloisia an, wie brav die ist. Nehmt euch ein Beispiel an ihr."

Drei Schweinebabies klopfen sich auf die Schenkel, rudern mit den Klauen, halten sich ihre Bäuche und grunzen schallend drauf los, quieken und quietschen und sind nicht zu bremsen.

Da fragt die Schweinemama: „Was ist denn jetzt wieder los?"

„Hi, hi, die Aloisia soll brav sein?"

„Dreh dich doch amal um und schau."

„Mama, i war's net."

„Na, wer denn sonst?"

„Weiß nicht."

„Aloisia, schwindle nicht. Wer sonst, außer dir, hätte mit dem Wasserkübel spielen können?"

„Weiß nicht."

„Aloisia, deine Geschwister hatte ich im Auge."

„Mama, tut das nicht weh, drei Schweine im Auge zu haben?"

„Das ist nur eine Redewendung, weißt du!"

„Was ist eine Redewendung, Mama?"

„Die blöde Sau lenkt nur ab, Mama!"

„Florian, es reicht!"

Als die kleinen schlimmen Ferkelchen merkten, dass ihre Schweinemama langsam sauer wurde, weil sie so frech waren, retteten sie die Situation einstimmig mit dem Satz: „Mami, wir haben Hunger!"

Die Schweinchenmama dachte nur: „Gott sei Dank, denn nachdem meine Kleinen getrunken haben, schlafen sie für eine Stunde selig im Stroh, und ich kann endlich wieder durchatmen."

Weit gefehlt, denn aus dem Stroh erhob sich eine kleine, helle Schweinestimme: „Mama, erzählst du uns eine Geschichte?"

„Ja, aber nachher wird geschlafen."

„Ja, Mama, du bist die beste Mama der Welt … und jetzt haben wir Durst!"

Unsere schweineeigene Hausbar

Manchmal flüstre ich meiner Mama etwas in's Ohr.

Mama hör doch einmal zu!

Was für ein Tag

Ich bin's, die Aloisia, das kleine Hängebauchschweinchen.

Ich möchte Ihnen heute eine Geschichte von einem für mich total tollen Tag berichten – einem Tag voll Abenteuer und Hetz.

Wir schreiben den 17.2.2004, und mein Bruder Florian, meine beiden Schwestern und ich sind in drei Tagen zwei Monate alt.

So, und nun zu meiner Story.

Irgendwie war heute früh schon alles eigenartig, und meine Familie und ich wunderten uns schon ein wenig, denn es wurde weder das Licht aufgedreht noch bekamen wir Frühstück, auf das wir uns doch immer so freuen.

Wir rebellierten, jedoch das half nichts.

So laut wir auch quietschten, es war verlorene Liebesmüh.

„Saftladen", meinte mein Brüderlein.

Plötzlich hörten wir unser geliebtes Herrli kommen, und wir dachten, er hätte einfach nur verschlafen, und bejubelten unser sich im Anmarsch befindendes Frühstück. Jedoch weit gefehlt, es war kein Essen in Sicht, als Harald die Tür zu unserem Stall öffnete, sondern ein Transportkäfig, und wir hatten doch schon soooowoo Magensausen.

Schreibt man Magensausen groß oder klein? Dass er nichts Gutes im Sinn hatte, wussten wir instinktiv.

„Schnapp dir auch die Aloisia, damit sich Florian nicht ängstigt und sich nicht so alleine fühlt", meinte Doris im Vorübergehen zu unserem Harald. Gesagt, getan, wir wurden beide eingepackt, und mit uns noch drei Katzen, ebenfalls in einen passenden Transportkorb.

So viel ich mitbekam, hatte Deix Zahnschmerzen, Mo wurde kastriert, und eine fremde Katze musste ebenfalls unters Messer, damit sie keine Babies mehr bekommt. Diese Mieze wurde in geheimer Mission operiert, da ihre Jungen immer drei Monate alt werden durften, damit die Menschenkinder etwas zum Spielen hatten. Dann wurden sie erschlagen oder ertränkt, da es meist wieder neue Katzenkinder zum Spielen gab.

Doris und Harald sammeln Katzendamen ein und lassen sie sterilisieren, um diese Grausamkeiten zu beenden. 14 Tage bleiben die Tiere bei der Tierärztin, und nachdem die Nähte entfernt sind, kommen die Katzenmädels wieder an ihren Heimatort zurück. Schlaue Sache, was?

Harald und ein Freund des Hauses, wohlgemerkt: Freund des Hauses und nicht Hausfreund, stellten den großen Transportkäfig mit Flo und meiner Wenigkeit in den Kofferraum. Doris tanzte mit den Miezen an, die sich in diesem Moment noch ruhig verhielten. Nicht lange, dann mauzte Kater Deix herzzerreißend drauflos, und im Duett mit ihm Katzendame Mo. Florian und ich verhielten uns halbwegs ruhig.

Bei der dritten scharfen Rechtskurve hat Mo ins Auto gekotzt, was eine mehr als unangenehme Geruchsbelästigung war. Damit es nicht zu sehr nach Katzenkotze stinkt, haben uns Flo und meine Wenigkeit zugezwinkert und auf Kommando losgesch...

Das machen wir so: Jeder hebt die linke Klaue, zählt von 10 bis 0 und los geht's, und mit genug Druck ist meist auch genug Material vorhanden. Heute waren wir nicht so erfolgreich, es gab ja kein Frühstück, aber gerochen hat's trotzdem nicht mehr nach Katz', und mehr wollten wir ja nicht.

Am Ziel angekommen, wurden alle Käfige ausgeladen und in den Warteraum gestellt, wo wir noch ein Weilchen warten mussten, da ein Hundepatient vor uns dran war. Endlich war es so weit, und wir wurden aufgerufen, und ich war gespannt, was jetzt alles passieren würde. Doris nahm meinen Bruder aus dem Käfig, und ich musste drinbleiben, was mir gar nicht gefallen hat, weil ich doch etwas erleben wollte.

Flo wurde abgewogen und für blad befunden, da er bereits 6 kg auf die Waage brachte. Gott sei Dank wurde ich nicht abgewogen, man hätte mir womöglich die Weight Watchers empfohlen.

Florian bekam eine Injektion, und er quiekte kurz auf. Ich glaube, die hat ein bissl weh getan.

Man sprach über die Entfernung seiner Kronjuwelen, und ich hab' rein gar nix verstanden, nur daran gedacht, wann ich endlich die Ordination begutachten darf.

Mein Brüderlein ließ bereits alles hängen. Der Kopf und seine Beinchen baumelten, und sein Schwanzl hing ganz traurig herunter – er sah erbärmlich aus und tat mir unendlich Leid.

Trotz allem wollte ich aus dem blöden Käfig, aber es gelang mir nicht. „Ich bin ihnen vollkommen Tofu (Wurscht sagt man nicht)", dachte ich. Alles drehte sich um meinen Bruder, und ich war ein Niemand – Sauerei!

In den kleinen rosa Popsch von Flo wurde nochmals eine Spritze gegeben, und da er nicht mehr schreien konnte, habe ich statt ihm gequietscht. Solidarität nennt man das! Aber was sind Kronjuwelen?

So laut ich konnte, machte ich mich bemerkbar, denn es reichte mir nun endgültig in dem dummen Transportkäfig. Trotz massiver Proteste von Doris ließ mich die nette Tierärztin aus meinem Gefängnis heraus.

„Auf Ihre Verantwortung", meinte Doris.

„Kein Problem", war die Antwort der Frau Doktor.

„Aloisia ist ein sehr lebhaftes Schwein, sie wird Ihnen die Ordination umdrehen", warnte mein Frauerl.

„Was die für einen Schwachsinn redet", dachte ich mir.

So inspizierte ich die Räumlichkeiten der Tierarztpraxis, während Florian rasiert wurde. Irgendwie war mir in diesem Moment egal, was da auf dem OP-Tisch vor sich ging, denn ich entdeckte die Spielzeugkiste und hui, so schnell konnte niemand der Anwesenden schauen, hatte ich sie ausgeräumt, um zu sehen, was da wohl alles drin ist.

Stofftiere, so weit das Auge reichte, einfach toll!

Auf dem Schreibtisch stand ein Computer, und weil ich ja noch sehr klein bin, konnte ich nicht hinauf auf den Tisch, und so zog ich am Kabel, und fast hätte ich es geschafft, den Bildschirm auf den Boden zu ziehen. Da sperrten mich die Spielverderber aus der Schreibtischumgebung aus – Sauerei!

Grad wo's lustig geworden is', muss ich folgen. Menschen können ganz schön nervig und anstrengend sein!

Flo sah irgendwie komisch aus, leblos halt, aber er atmete, und da dachte ich mir, dann kann es nicht so schlimm sein. Ich hatte weiterhin damit zu tun, Unfug zu machen, als ich plötzlich einen Druck in der Blase verspürte, und zu meinem Glück standen da zwei Klos nebeneinander – schwarz, und sie rochen nach Leder.

„Pfa, so ein tolles Schweinchen-WC haben wir daheim nicht, das probier' ich gleich aus", dachte ich mir. Ich kam leicht mit meinem kleinen Schweinepopo in das Ding für kleine Schweinchen, denn es war sehr zweckmäßig gebaut. Da soll noch wer etwas gegen die neue Architektur sagen! Genussvoll ließ ich es rinnen, als ich plötzlich Isabellas weit geöffnete Augen sah. Sie ist die Assistentin der Kronjuwelenentfernerin, was immer das auch sein mag.

Die Tierärztin meinte nur: „Welche Schuhgröße haben Sie?" Isabella, immer noch auf die beiden Schweinetoiletten starrend: „41er."

Die Tierärztin: „Dann borg' ich Ihnen doch keine Schuhe von mir, ich lebe auf Größe 38".

Doris meinte nur kurz: „Ich hab euch gewarnt, die Misere liegt also diesmal nicht in meinem Verantwortungsbereich."

Isabella säuberte geraume Zeit die beiden Schweineklosetts, um sie dann mit Unmengen an Zeitungspapier auszustopfen. Um alles wieder gutzumachen, legte ich noch ein gut 4 cm langes Geschenk auf die Reitstiefel der Tierärztin, denn das bringt Glück! Irgendwie hat sich aber keine der Damen bei mir bedankt, was ich ungemein unhöflich fand.

Florian war nun seine Kronjuwelen los, wobei ich immer noch nicht wusste, was das Zeug nun eigentlich wirklich war. Er wurde gewaschen, und sein Hinterg'stell war ganz blau von einem Spray, und er sah aus wie die „blaue Sau" (das ist ein Getränk). Das Brüderlein wurde in warme Tücher gewickelt, damit es nicht auskühlt, und alles nur wegen der komischen Kronjuwelen.

Dieses Tamtam verstand ich nun wirklich nicht, aber bitte, was soll's? Flo wurde in den Transportkäfig gelegt, und dieser wurde verschlossen, damit ich meinen kleinen Bruder nicht sekkieren kann. Ich sag Ihnen, die Menschheit ist blöd.

Nichts wollte ich ihm tun, außer auf den Kleinen aufpassen, aber das haben die wieder nicht verstanden, und damit sie es endlich verstehen, hab ich mich aufgeführt wie noch nie zuvor in meinem Leben. Die Anwesenden gaben völlig genervt nach, und ich huschte zu meinem Florian. Sofort legte ich meinen Rüssel auf seinen Bauch, denn wenn er aufwacht, soll er wissen, dass er nicht allein ist. Dann bin auch ich eingeschlafen.

Ich hab sogar die Fahrt nach Haus verschlafen und bin erst im Stall neben meiner Mama wachgeworden, die sehr glücklich war, uns wiederzuhaben.

Meine erste Frage: „Mama, was sind Kronjuwelen? Hab ich auch so etwas?"

Meine Mama meinte nur: „Nein, das hast du nicht und bekommst du auch nicht, und was das ist, erklär ich dir, wenn du älter bist."

„Hat der Papa so was?"

„Ja , denn sonst wärst du nicht hier auf der Welt."

„Ha, Mama, jetzt weiß ich, was das ist, denn auch Schweinekids wissen oft mehr als ihre Eltern ahnen. Nur nennt es bitte beim Namen, denn schließlich bin ich nicht von gestern und bereits von meinen Schwestern aufgeklärt. Da schaust, nicht wahr, Mama?"

Total erschöpft fiel ich nach diesem aufregenden Tag ins Bett und überlegte mir, ob ich nicht auch den Beruf des

Kronjuwelenentferners ergreifen sollte, denn dann hätte ich immer die Spielzeugkiste und das tolle Klo in meiner Nähe – man wird sehen, und jetzt … „Gute Nacht!“

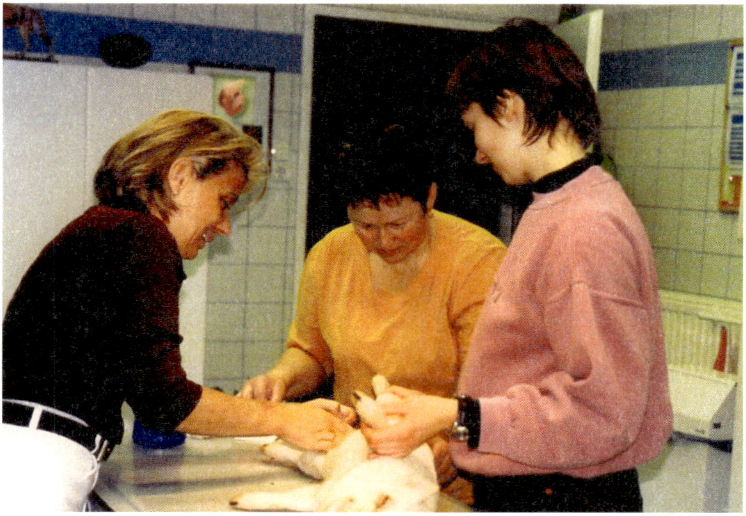

Hier die Träume –
knapp vor meinem operativen
Eingriff.

Florians Eindrücke

Reiner Blödsinn, was da meine Schwester von sich gibt. Ich hab den Tag echt bescheuert in Erinnerung.

Zuerst kein Frühstück, dann weg von der Mama und meinen Schwestern und ab in den Transportkäfig, kurvige Straße, kotzende Katzen, Wartezeit wegen einem blöden Hund, ab auf die Waage, Injektion in meinen Schweinepopsch und ein plötzliches Schwindelgefühl und aus …

Als ich aus meinem künstlichen Rausch erwachte, lag Aloisia schnarchend neben mir und hielt mir ihre rechte Klaue genau in mein Auge! Ich hatte Hunger, und ich hatte Durst, und mir war so schwindelig, und neben mir eine schnarchende Schwester. Genau das wünscht man sich, wenn man aus der Narkose erwacht!

Endlich daheim, lachten mich meine depperten drei Schwestern wegen meines blauen Hinterteils und meines Seemannsganges aus.

„WEIBER!"

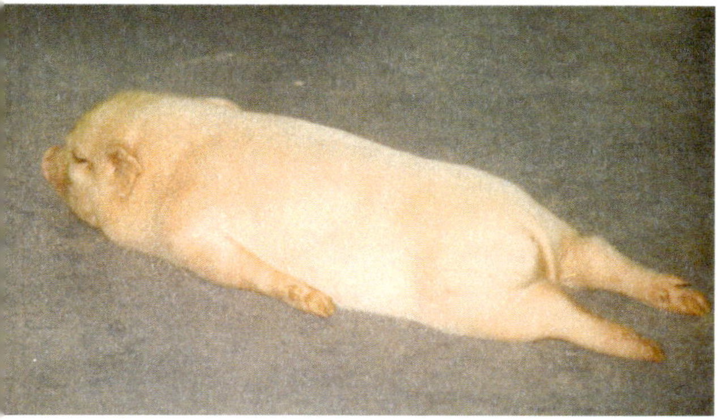

Eingriff vorbei -
Narkose hält
aber noch an.

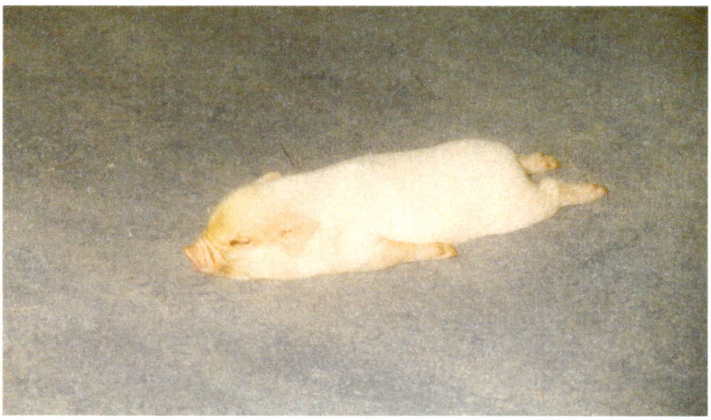

Na, Sie können
leicht lachen!

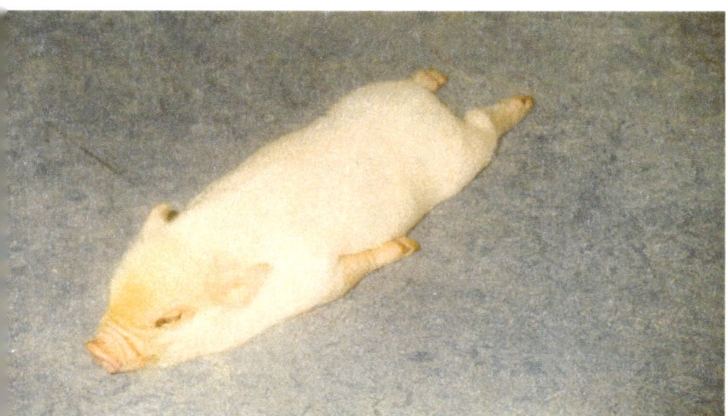

Da bin ich grad aus der
Narkose erwacht.

Meine blöden, stänkernden Schwestern
Aloisia, Alma und Anna.

Die Mama erlaubt mir nicht
in die Schweinedisco zu
gehen. SAUEREI!

← Meine Freundin Daisé

(Florian hat sich wochenlang trösten lassen und wurde so zu einem großen Schmuseschwein – wie man sehen kann.)

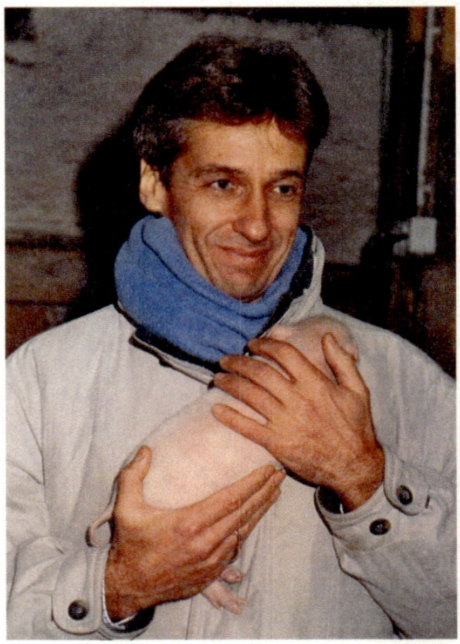

Das ist der Thomas – ein großer Schweinefan

Das ist meine
Patentante Agnes.

Mein Mensch
schmust auch
gerne mit mir

Feinschmecker-Salat

» In 20 Minuten zubereitet
» In 20 Minuten auf dem Tisch
» Ergibt 4 Portionen als Vorspeise

Einkaufsliste:

1 Handvoll Rucola
1 Eissalat, heißt auch Eisberg-, Krach- oder Bummerlsalat
200 g Cocktail-Tomaten
150 g Champignons
1 Semmel vom Vortag
Balsamico-Essig
Kalt gepresstes Olivenöl
Steinsalz, Pfeffer aus der Mühle

Vorbereitung:

1. Den Eissalat zerlegen und waschen.
2. Den Rucola und die Tomaten ebenfalls waschen.
3. Die Tomaten vierteln.
4. Die Champignons putzen, mit einer Küchenrolle reinigen und in dicke Scheiben schneiden.
5. Die Semmel in 5 mm große Würfel schneiden.

Zubereitung:

1. Die gewürfelte Semmel in 2 EL Olivenöl goldbraun rösten und bereitstellen.
2. Die Champignons ebenfalls im heißen Öl beidseitig goldbraun anbraten, vom Herd nehmen. Mit Salz und Pfeffer aus der Mühle würzen und bereitstellen.

3. Den Eissalat in kleinere Stücke zerreißen, Rucola und Tomaten dazugeben.
4. Den Balsamico darüber träufeln, den Salat locker durchmischen und einige Esslöffel Olivenöl darüber gießen.
5. Die Champignons darüber verteilen, zuletzt die gerösteten Semmelwürfel drüberstreuen. Mit frischen Kräutern garnieren.

Bleiben wir beim Thema

Seit Monaten war die Tür unseres Kastens, der im Schlafzimmer steht, nur mit Schnüren hochgebunden. Genauer gesagt ist es ein Rollokasten, das Schloss ist nicht mehr zu reparieren, und so müssen Spannbänder herhalten.

Wie Sie wissen, ist unsere Zeit und auch unsere Geldbörse knapp bemessen, und so zog sich der Kauf eines neuen Schrankes wie ein Strudelteig in die Länge, aber irgendwann reichte es mir total, und mein Mann und ich zogen los, um ein passendes Möbelstück zu kaufen.

Es war einfach nervig, die Bänder immer mühsam zu entwirren. Wäre der Kasten jedoch offen geblieben, hätten unsere Katzen nicht nur mit Socken und Unterwäsche gespielt. Nein, irgendeine Mieze hätte sicher auch hineinmarkiert, und das brauch ich wirklich nicht.

An besagtem Einkaufstag hatte ich einfach Lust, mich zu „verkleiden", und ich zog Schuhe mit hohen Absätzen und einen kurzen Rock an (keine Sorge, ich trug auch einen Pullover).

Nie, nie, nie, um nix auf der Welt trage ich solche Schuhe (ich hab sogar in Schlapfen geheiratet), und ich weiß nicht, was an diesem Tag in mich gefahren ist, ausgerechnet High Heels zu tragen. Manchmal kommt halt doch noch die Stadtpflanze in mir durch.

Stöckelschuhe bin ich nicht mehr gewohnt, da ich seit Jahren meistens nur in Gummistiefeln oder irgendwelchen flachen „Latschen" herumlaufe und meine Füße richtige „Plattler" geworden sind. Da wir aber nur zu Ikea wollten und daher nicht viel zu gehen war, nützte ich die Gelegenheit, um endlich wieder weiblich zu wirken.

So fuhren wir los und hatten unser Ziel schon fast erreicht, als das Handy mit lauten Klingeltönen in meiner Handtasche randalierte. Ich kramte danach, fand das lästige Etwas und meldete mich. Am anderen Ende der Leitung war eine verzweifelte Frau, die von einem armen misshandelten Hängebauchschwein berichtete und uns bat, das Tier sofort, aber auch wirklich sofort zu befreien.

„Eigentlich wollten wir einen Kasten von Ikea befreien", sagte ich.

Vom anderen Ende der Leitung kam ein verwirrtes „Wie bitte?".

„Ach nichts, ist schon in Ordnung. Teilen Sie uns die Adresse mit, wo das Tier zu holen ist." Man gab uns die Anschrift durch, und wir fuhren zu besagtem Schweinemisshandlungsort, um das Tier zu befreien.

Dort angekommen, traute ich meinen Augen nicht, denn es war ein Schlammloch in dem sich das arme Schwein aufhielt. Schlamm ist zwar gesund für diese Tiere, aber sie brauchen auch trockene Flächen und einen Stall. Nichts von all dem war vorhanden. Die Bauern stimmten zu, uns das Tier zu verkaufen, denn von Schenken ist in diesen Fällen keine Rede, diesbezüglich haben wir genug Erfahrung.

Das Hängebauchschwein mussten wir natürlich zum großen Gaudium der Bauern selbst einfangen, und das in kurzem Rock und Stöckelschuhen. Können Sie sich das ein bisserl vorstellen? Nun, lange hatte ich meine High Heels ohnehin nicht an, denn sie verschwanden im Morast. „Wie kann man mit so depperten Schuhen auf Schweinefang gehen?", ätzte mein Mann. „Darf ich dich daran erinnern, dass wir eigentlich einen Kasten kaufen wollten? Ich hatte eigentlich nicht vor, mit dir auf Schweinesafari zu gehen", meldete ich mürrisch zurück.

Nach einiger Zeit hatten wir unter großem Gelächter der Bauern das Tier eingefangen. Wir waren bis zu den Knien gatschverschmiert und ich auch noch ohne Schuhe. So fuhren wir heim mit einem vietnamesischen, total unterkühlten Hängebauchschwein.

Fazit der Geschichte: Wir gingen einen Kasten kaufen und kehrten heim mit einem Schwein und … Kasten haben wir immer noch keinen.

Celsius

Im Laufe der Zeit hat sich eine kleine illustre Schar von Tauben bei uns eingefunden, die entweder fluguntauglich oder auf einem Auge erblindet sind. Die Tauben leben mit einigen Nymphensittichen, einem Wellensittich (er kann immer noch nicht surfen) und einer Ratte namens Walter von der Vogelvoliere oder, besser gesagt, Walter in der Vogelvoliere.

Sie sind eifrig damit beschäftigt, für Nachwuchs zu sorgen, und um diesem zu entgehen, tauschen wir die Eier immer aus, entweder gegen Gipseier oder früher gelegte Eier, die wir einige Wochen in einer Dose aufbewahren, damit nichts ausgebrütet werden kann.

Sie brüten ständig, sie haben ja sonst nichts zu tun. Auch im Winter sind sie mit großem Eifer dabei, und immer, wenn ich die Eier austausche, bekomme ich „Flügelwatschen". Die Tauben beruhigen sich schnell, wenn sie merken, dass die Eier noch da sind, und sicher gurren sie sich zu: „Der Alten haben wir's wieder gezeigt, was man mit unseren Flügeln noch machen kann außer fliegen!"

Wie jeden Tag ging ich in die Voliere, um Wasser und Futter zu verabreichen, und natürlich dürfen auch Salat und Apfel nicht fehlen – man ist schließlich auch als Vogel ein Feinschmecker. Mein Tun wird meist von lautem Vogelgezwitscher untermalt, und ich genieße diese Minuten des Tages sehr.

Manchmal schnalzt mir Nymphensittich Nikolaus eine mit seinem Flügel, aber nur dann, wenn ich zu nahe an sein Kiwistangerl komme. Währenddessen trällern die Nymphensittiche Caruso und Fidelio Schmalziges von den Ästen. Der immer noch nicht surfen könnende Wellensittich kreischt meist ohrenbetäubend laut. Ratte Walter von der Vogelvoliere verschläft ohnehin immer den ganzen Tag.

Im Vogelkäfig war wieder Eiaustausch angesagt, und ich kontrollierte auch den Heizkörper und die Wärmelampen, denn draußen war es bitterkalt, und es tobte ein Schneesturm. Na ja, der tobt eigentlich den ganzen Winter hier bei uns am Berg, also war das nichts Neues. Es ist auch nichts Neues, dass mir die Stürme gehörig auf den Geist gehen, da ich ständig die Außendekoration des Hofes erneuern muss, weil sie sich meist mit dem Wind verselbstständigt.

Ich wünschte den gefiederten Herrschaften noch einen schönen Tag und verließ die Voliere, um noch ganz schnell die Taubeneier in einer Dose im Vorraum zu deponieren. Wieder einmal wurde mit dem Tausch das Entstehen von Nachwuchs vereitelt, und ich ließ einige Wochen vergehen, um das gleiche Prozedere zu wiederholen.

Es hatte zu diesem Zeitpunkt sehr lange Zeit um die minus 15° C. Und wieder vergingen Wochen, und ich tauschte von neuem aus, und die Taube brütete immer noch zufrieden vor sich hin. Ich tauschte wieder, bekam Flügelwatschen … das Übliche halt!

Täglich ging ich in die Voliere, um zu füttern, und sah, wie sich Täuberich und Taube beim Brüten abwechselten. Ein schon seit Jahren gewohnter Anblick.

Es war eines Tages um die Mittagszeit, als ich mit frischen Schmankerln für Ratte Walter und Vogelfutter für die Piepmätze in den Vogelkäfig ging. Ich habe vergessen, Ihnen zu sagen, dass die Voliere eigentlich ein alter Zirkuswagen ist, den wir mit einem Heizkörper, Wärmelampen und einem neuen Gitter ausgestattet haben.

Nun zurück zu besagter „Schmankerlübergabe“. Zunächst wechselte ich das Wasser, füllte alle Behälter für das Vogelfutter nach, schmuste mit Walter und schaute zu meiner brütenden Taube.

Aber was sah ich da? Ein Taubenbaby, was für eine Überraschung! Aber wie kam dieses Taubenkind in die Voliere?

Celsius

(im Vordergrund)

Obwohl ich ihm ca 30 Min. in der Vogel-voliere mit meinem Photoapparat nachgelaufen bin, ist es ein SCH... Bild. Celsius wollte einfach nicht photografiert sein! Er ist ein eigenwilliges Kerlchen.

Erraten? Tja, bei diesen Temperaturen war der Inhalt des Taubeneies ganz schnell gefroren, und als ich die Taubeneier austauschte, brüteten die Eltern das Ei einfach weiter aus, und heraus kam ein putziges Vogelbaby mit riesigem Schnabel und ganz ohne Federn.

Ich wusste gar nicht, wie schnell Tauben wachsen … man kann wirklich fast zuschauen. Im Nu war eine stattliche Taube mehr in der Voliere, und dann kam eine ganz große Entscheidung auf uns zu. Wie sollte sie heißen? In die engere Wahl kamen „Überraschung“ oder „Celsius“.

Die Taube wurde mit Stimmenmehrheit „Celsius“ genannt.

Bauernweisheit

Oft erzähle ich unseren Gästen Episoden, die wir mit Tieren erlebt haben, und dann denke ich mir, dass ich diese Story auch noch aufschreiben könnte. So auch heute bei einem Telefonat mit einer Dame, die etwas kampflustige Meerschweinchenbuben – auch Böcke genannt – bei sich beherbergt.

Die beiden dürften zur Sorte meerschweinische Kampfhähne gehören, und so wurde ich um Rat gefragt. Ich kenne dieses Problem allerdings nur von Hasen, die mit neuen Artgenossen gar nicht friedlich umzugehen pflegen. Es ist immer mehr als mühsam, neue Tiere zu integrieren. Bei Meerschweinchen hatten wir dieses Problem noch nie – ich muss ganz schnell auf Holz klopfen.

Eines Tages machte ich in der Tierarztpraxis die Bemerkung, dass ich wieder Schwierigkeiten hatte, eine Hasendame in meine schon vorhandene Hasenrasselbande zu integrieren. Dazu meinte die Assistentin nur, ich solle doch alle Tiere mit Schnaps einreiben, dann wäre sofort Ruhe, weil alle gleich riechen würden. Das sei eine alte Bauernweisheit, die sie bereits von ihrem Großvater mitbekommen hatte, berichtete mir Frau Grösser.

Gesagt, getan. Ich kaufte den billigsten Fusel, den es gab, damit ich nicht in Gefahr lief, dass er von einigen Herren des Hauses durstmäßig verwendet wurde. Daheim angekommen marschierte ich mit dem Feuerwasser bewaffnet sofort in den Stall, um den Schnapstipp zu testen.

Ich fing einen Hasen nach dem anderen ein und fuhr mit meiner Handfläche, die ich vorher mit Schnaps eingerieben hatte, über das Fell der Tiere – von den Löffeln bis zur Blume. Im Hasenstall stank es nach vollbrachter Tat wie in einer Schnapsbrennerei.

Zwei der langohrigen Herrschaften ignorierten den Trick und

kämpften weiter. So schnappte ich die beiden, setzte sie in einen Katzentransportkäfig, stellte diesen auf den Beifahrersitz meines Autos und fuhr los.

Meine Idee war folgende: Katzenkorb heißt immer zum Tierarzt fahren, und das mögen auch Hasen nicht, und meistens sind sie froh, nicht allein im Korb zu sitzen, und oft kehrt dann auch Ruhe ein.

Mit dem Schnaps und der Autofahrt hatte ich beide sehr schnell im Griff, und ich fuhr wieder heim. Im Auto roch es nach Branntweinhalle, und wie es der Zufall wollte, wurde ich von der Gendarmerie aufgehalten. Ich öffnete das Fenster, und der Gendarm wich einen Schritt zurück.

„Na, was hamma denn getrunken, gnä' Frau?", wollte er wissen.

„Ich habe nichts Alkoholisches zu mir genommen", antwortete ich ganz ruhig.

„Und woher kommt dieser entsetzliche Schnapsgeruch?"

„Na, von meinen Hasen", antwortete ich ganz sachlich.

„Ah, von den Hasen, diese Ausrede kenn ich noch nicht, aber bitte, einfallsreich dürften Sie sein. Also was haben Sie an Promillen in sich? Machen S' kan Tanz, wos hom S' g'soffen?"

Da mischte sich der Kollege ein: „Geh', steigen S' amoi aus." Weiterhin dementierte ich jeglichen Alkoholkonsum, und weiterhin wurde ich als alkoholisierte Fahrerin, die nicht ganz dicht ist, behandelt.

Die Herren wollten auch absolut nicht an meinen Hasen riechen, mit den Worten: „Wir lassen uns doch nicht von einer B'soffenen verar..."

Langsam wurde ich zornig, da ich so viel Sturheit nicht vertrage, und je mehr ich motzte, umso höher wurde die Strafe. Die Hasen waren bereits friedlich eingeschlafen. Natürlich blieb es nicht aus, dass ich ins Röhrl blasen musste, und nachdem es sich klarerweise nicht verfärbte, musste ich zur Blutabnahme.

Ich begehrte auf, aber es blieb mir nichts anderes übrig, als mit den beiden Gendarmen mitzufahren. Natürlich ließ ich meine Hasen nicht in meinem Auto zurück. Das passte den beiden Wachorganen überhaupt nicht, aber ich gab nicht nach, und die Hasen kamen mit, basta!

In nur wenigen Minuten war auch das Dienstfahrzeug von Obstlergestank überflutet, und die Polizisten keppelten drauflos, wie man nur um diese Tageszeit schon einen sitzen haben könne. Ich keppelte zurück, und die Hasen schliefen immer noch, unbeeindruckt von der heftigen Diskussion.

Die Blutabnahme war kurz und schmerzhaft, da der Arzt diese Amtshandlung wohl schon länger nicht mehr getätigt hatte. Das Ergebnis war klar, kein Alkohol im Blut. Jedoch man traute dem Befund nicht.

Die Gendarmen forderten eine neuerliche Blutabnahme, aber da verweigerte ich und zog alle meine Register meines keiferischen Könnens … und die Hasen schliefen immer noch.

Irgendwie dürfte ich alle Mitarbeiter auf diesem Posten so genervt haben, dass ich entlassen wurde, und man verzichtete vorerst einmal auf eine Geldstrafe, die ich ohnehin nicht bezahlt hätte. Zu meinem Auto durfte ich zu Fuß zurückgehen, und das mit zwei schnarchenden Hasen.

Daheim angekommen waren die beiden Häschen die dicksten Freunde, und es stellte sich mir die Frage: War es der Schnaps? War es die Auseinandersetzung mit der Gendarmerie? Oder war es einfach nur der Katzenkorb und die Autofahrt? Vielleicht war es aber auch alles zusammen, wer weiß?

Hauptsache ist jedoch, dass wieder Friede im Hasenstall herrscht.

Vorige Woche rief mich der Postenkommandant an, der seinen Kindern zwei Hasen geschenkt hatte. Die beiden Tiere vertrugen sich überhaupt nicht, und er klagte mir seine Ängste und fragte mich: „Sagen S', Frau Hofner, wie war das mit den Hasen und dem Schnaps?"

Schau an, schau an! Meine Empfehlung lautete: „Sie reiben die Streithanseln zunächst mit Schnaps ein, setzen die beiden wieder in ihren Stall und gehen anschließend zur Blutabnahme. Grüß Gott!“

Der Zahnarztbesuch

Ich komme soeben von einem Zahnarztbesuch der besonderen Art und möchte Ihnen meine neu erworbenen Eindrücke nicht vorenthalten.

Leider ist mein Zahnarzt, bei dem ich jahrelang in bester Betreuung war, in den wohlverdienten Ruhestand getreten, und so war ich gezwungen, mir einen neuen „Kariesteufel“ zu suchen. Viele Empfehlungen wurden bei mir abgegeben, denn alle meine Freunde behaupteten, den besten aller zahnärztlichen Quäler zu kennen.

Natürlich habe ich noch aus meinen Kliniktagen in meinem Bekanntenkreis viele Leute dieser besonderen Spezies, aber die leben und arbeiten leider alle viel zu weit weg, und so war ich gezwungen, mir in der näheren Umgebung einen Zahnarzt zu suchen.

Das Telefonbuch half über die ersten Entscheidungen hinweg, und ich machte in der nächstgelegenen Zahnarztordination einen Termin aus. Heute war es soweit. Mein Termin war für 10 Uhr festgelegt, und ich war mit blank poliertem Gebiss pünktlich zur Stelle.

Ich musste einige Zeit warten und war daher bestens über alles, was Königshäuser und Prominente betrifft, bestens informiert, wenn Sie wissen, was ich jetzt meine. Prinz Charles hat schon wieder eine neue Geliebte, der Schlimme, und Lady Di schnupfte seinerzeit auch noch Kokain. Na sowas!

Über die schlecht sitzende Prothese von Jopie Heesters hab ich in keiner Zeitung etwas gelesen, die wär aber wirklich eine Schlagzeile wert. Und wie würde die wohl lauten?

Durch den Lautsprecher wurde ich aufgerufen. In der Ordination wartete bereits der Zahndoktor auf mich und umschlang mich mit gierigem Blick.

„Na, jetzt bin ich aber gleich ausgezogen“, dachte ich mir.

„Der dürfte wohl blind sein, der Gute“, dachte ich auch noch. Ich setzte mich auf den Behandlungsstuhl.

„Sie sind Bergbäuerin?“ fragte er mich, nachdem er die neu angelegte Karteikarte studierte, auf der all meine Daten standen.

„Nicht schon wieder“, dachte ich. Natürlich war ich nicht in meinem Bergbäuerinnendress unterwegs, sondern hatte einen zeitlosen Designerfetzen aus früheren Tagen angezogen – ein bissl flippig und ausgefallen.

„Ja, ich bin Bergbäuerin, aber wir essen unsere Hendln und Schweine nicht“, antwortete ich. Nun konnte ich noch größeres Unverständnis in seinen Augen erkennen, aber ich bin manchmal zu müde, um mich immer zu rechtfertigen, warum und weshalb. Ich wollte doch nur zur halbjährlichen Zahnkontrolle gehen und nicht in ein Frage- und Antwortspiel geraten.

„Sie sind wirklich Bergbäuerin?“

„Jaaaaaaa! Ist denn das so etwas Ungewöhnliches?“

„Na, so wie Sie aussehen!“

„Wie seh ich denn aus?“

„Nicht wie eine Bergbäuerin.“

„Wie sehen die Ihrer Meinung nach denn aus?“

„Na net so!“

„Entschuldigen Sie bitte, wenn ich Ihren Erwartungen nicht entspreche.“

Ich riss den Mund auf, damit er endlich nachschauen konnte, ob sich ein Kariesteufel verirrt hatte.

Da traf ihn der nächste Schock: „Sie haben ja ein total gepflegtes Gebiss, mit Inlays, und Sie haben auch noch alle Zähne.“

„Alle sind es nicht mehr, die Achter fehlen.“

Damit ist auch die Weisheit bei mir futsch (die Achter sind nämlich die Weisheitszähne).

„Warum haben Sie als Bergbäuerin so ein Gebiss?“ Der Typ war fix und fertig.

Ich stellte ihm die Frage, die mich nun brennend interessierte: „Wie sollen denn die Zahnreihen einer Bergbäuerin aussehen, damit ich beim nächsten Termin Ihrer Vorstellung entspreche?“

„Na ja, die meisten haben Zahnlücken oder verfaulte Zähne und im besten Fall Amalgam im Mund, aber sicher keine Inlays.“ Bergbäuerinnenzahn für Bergbäuerinnenzahn wurde genauestens überprüft, und dabei stützte er sich auf meinem Busen ab, und ich wartete nur noch auf eine Frage: „Was, einen BH tragen Sie auch als Bergbäuerin?“

Diese Frage kam dann doch nicht über seine Lippen. Ich kann jedoch nach diesem Zahnartbesuch nur sagen: „Er hat gar nicht gebohrt!“

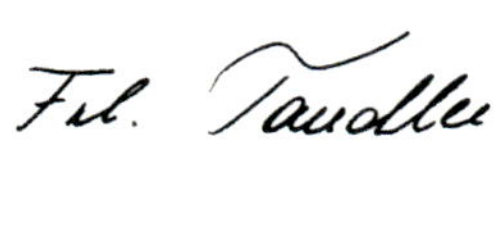

Telefonische Auskunft

Heute kam ein Anruf meiner langjährigen Freundin und Nervensäge Marie Luise. Wie immer hat sie mich zu einer Zeit erreicht, zu der ich im Stall meine Abendfütterung abhalte und nicht einmal eine Minute übrig habe, um zu plaudern.

Oft ruft sie aber auch weit nach Mitternacht an, wenn ich meistens schon schlafe, und erzählt, wie toll dieses oder jenes Fest gewesen ist.

Die ganze Geschichte ist jedoch nicht einseitig, denn ich weiß, wenn es mir schlecht geht und ich Probleme habe, kann ich sie zu jeder Tages- und Nachtzeit anrufen, und sie wird immer versuchen, mir zu helfen. Das zu ihrer Verteidigung.

Ich liebe sie sehr und möchte sie in meinem Leben nicht missen. Na, ich kann mir schon vorstellen, was sie zu diesen Sätzen sagen wird, aber das bleibt mein Geheimnis.

Marie Luise erkundigte sich zuallererst, wie es denn den Tieren, meinem neuen Buch und mir geht.

„Geht so, du … ich hab eigentlich …“ Sie ließ mich nicht ausreden und meinte: „Was geht so?“

„Du, ich bin im Stress.“

Das Handy zwischen Schulter und Ohr geklemmt, die Mistschaufel in der Hand und ein Pferd, das ständig versucht, meinen Rollkragen in die Länge zu ziehen … mit einem Wort, der ideale Moment, um zu telefonieren.

„Sag mir jetzt sofort, wie es dir geht“, nervte sie weiter.

„Können wir später reden, ich hab ka Zeit jetzt.“

„Nein, ich will es jetzt wissen.“

Ich muss dazu sagen, dass Marie Luise Vorarlbergerin ist, und das hört sich dann besonders gut an, wenn sie stur wird.

„Okay, okay, ich sag’s dir, weil sonst gibst eh ka Ruh’.“

„Na also, warum net gleich."

„Also, mein Morbus Still macht sich wieder bemerkbar. Du weißt schon, meine Haut ist runzelig, dazu noch das hohe Fieber, und meine Beine tun weh und machen oft nicht das, was sie eigentlich sollten. Mit einem Wort – es geht mir …„

„Lass den Kraftausdruck, ich weiß, was du sagen möchtest."

„Schade!"

Marie Luise wird ganz g'schaftig: „Pass auf, ich rufe jetzt einen Bekannten von mir an, der ist ein Spezialist in diesen Sachen, mit dem red' ich."

„Nix wirst, ich bin im Welser Krankenhaus in den besten Händen, und bei dieser Krankheit gibt es keine wirkliche Heilmethode, also lass es, und außerdem, wie kommt dein Freund dazu, sich das Gelaber von mir anzuhören. Ich möcht' das nicht, und basta."

„Du hast mir gar nichts zu befehlen, ich leg' jetzt auf und red' mit meinem Bekannten."

Und fort war sie aus der Handyleitung.

Ich ging meiner Arbeit nach, fütterte die Pferde, versuchte meinen Rollkragen zum hundertsten Mal aus dem Maul von Haflingermischling Hudri-Wudri zu ziehen und dachte nicht mehr an Marie Luise und ihren tollen Medizinmann, als plötzlich und unerwartet das Handy läutete.

„Spreche ich mit Frau Hofner-Foltin?"

„Ja, um was geht es? Möchten Sie einen Hund wegen einer plötzlich aufgetretenen Allergie abgeben oder macht Ihnen Ihre Katze vielleicht ins Bett?"

Wenn ein unbekannter Teilnehmer am Handy ist, geht es meist nur um solche Dinge, und da reagiere ich gleich einmal sauer.

„Nein, hier spricht Dr. R., und ich bin ein Bekannter Ihrer Freundin Marie Luise."

„Entschuldigen Sie bitte, aber ich dachte nicht daran, dass Sie mich wirklich anrufen. Es war nicht meine Idee, aber Marie Luise wollte sich von ihrer glorreichen Idee nicht abbringen lassen. Ich möchte Ihre Zeit nicht stehlen."

„Aber nein, was sind jetzt die wirklichen Probleme? Ein wenig weiß ich von Ihrer Freundin."

„Nun, meine Haut ist faltig und runzelig, und ich sehe noch älter aus, als ich bin."

„Aber ich bitte Sie, das ist nun wirklich kein Problem", beruhigte mich der Arzt.

„Das haben mir die Ärzte aber in Wels nicht gesagt."

„Es ist eine teure Behandlung, vielleicht deshalb."

„Kann sein. Meine Beine sind auch so grauslich geworden und tun ganz fürchterlich weh."

„Auch das lässt sich in den Griff bekommen."

„Warum hat man mir das nie gesagt?", dachte ich mir.

„Meine Hände, die sollten Sie sehen, einfach entsetzlich."

„Also das hört sich ja alles ganz unkompliziert an, und ich mache Ihnen einen Vorschlag. Das Gesicht kann man, noch dazu, wo es das erste Mal ist, ganz leicht liften, oder vielleicht geht es auch mit unterspritzen. Die Krampfadern kann ich Ihnen ambulant behandeln, und was die Hände betrifft, auch das bekommen wir hin, und Fett absaugen können wir auch gleich, falls es notwendig ist. Also keine Sorge, ich mache wieder eine schöne Frau aus Ihnen. „

„Lieber Herr Doktor. Erstens war ich immer SCHIACH, und da hilft nix, außer köpfen, und zweitens habe ich Morbus Still."

„Wie bitte, was haben Sie?"

„Na, Morbus Still. Kennen Sie diese Krankheit nicht? Marie Luise meinte, Sie sind ein Spezialist auf diesem Gebiet."

„Gnädige Frau, ich habe noch nie von dieser Krankheit gehört."

„Die kennen wirklich nur ganz wenige Ärzte, und es ist keine Schande, diesen Morbus nicht zu kennen, da es nur wenige Patienten damit gibt."

„Interessant, interessant!"

„Nur eines möchte ich von Ihnen wissen, was für ein Doktor sind Sie?"

„Ich bin Schönheitschirurg."

„Jetzt werd ich verrückt, aber Sie hätte ich noch notwendiger als einen Spezialisten für meinen Morbus, weil die Erdanziehungskraft bei meinem Busen schon gewaltig mitmischt, aber leider, leider habe ich kein Geld, um in Ihre Ordination zu kommen, denn 170 Tiere müssen versorgt werden, und das verschlingt Unsummen. Herr Doktor, ich würde mich sofort unters Messer legen, und Sie hätten wahrlich viel bei mir zu tun."

Der Schönheitschirurg verabschiedete sich auf das Höflichste und dachte sich sicher, dass ich einen Schuss habe, und Marie Luise erst recht.

Ich rief meine g'störte Freundin an und fragte sie, ob bei ihr noch alles richtig tickt.

„Das ist ein Schönheitschirurg, was soll denn der mit mir und meinem Morbus?"

„Naja, hätt' ja sein können, dass ihm etwas einfällt, oder?"

„Ja, ich wüsst schon was."

„Was denn?"

„Er könnte doch meinen Tieren eine Schönheitsoperation für mich spenden, damit die Viecher nicht immer so a grausliche Alte im Stall herumrennen haben. Was meinst, ist doch a gute Idee?"

„Du, i glaub, so viel Geld hat der auch nicht, dass er dich kostenlos runderneuert, denn bei dir ist ja wirklich einiges zu machen."

Sie lachte laut, unverschämt und herzlich, dieses Miststück.

Und so etwas nenne ich Freundin!

Getröstet

Schon als Kind war ich ein sehr einfühlsamer Mensch mit einer etwas zu rauen Schale, ganz nach dem Motto „hart, aber herzlich".

Es war am Anfang meiner schülerischen Laufbahn, als ich mich in der ersten Volksschulklasse mit einem Mädchen anfreundete. Wir hatten den gleichen Schulweg, und auf diesem hatten wir uns jede Menge zu erzählen. Ich berichtete viel von meinen Eltern, und sie schwieg dazu, sagte keinen Ton.

Nun, ihre Mutter hatte ich bereits kennengelernt, aber ihren Vater kannte ich noch nicht, und schließlich fragte ich meine Schulfreundin Grete nach ihm.

„Mein Papi ist Steuerberater und Wirtschaftstreuhänder, und was arbeitet dein Papa?"

Grete antwortete ganz traurig: „Weißt du, mein Vater ist tot. Er ist vor einigen Jahren gestorben."

Mein Mitleid war grenzenlos, und ich wollte sie unbedingt trösten: „Mach dir nichts draus, meiner hat eine Glatze."

Mein Papa mit
unserem Meerschwein-
chen „ILDEFONSO" –
dem absoluten
Mittelpunkt der
Familie. Beide
gehen mir sehr ab,
aber dort wo sie
jetzt sind, geht es
ihnen vielleicht noch
besser – ich hoffe es.

OSAMA BIN PFAU

a bissl a narrischer Kerl

Curry-Pfanne

» In 30 Minuten auf dem Tisch
» Ergibt ca. 4 Portionen

Einkaufsliste:

250 g geräucherter Tofu
1 Dose (ca. 400 g) Kokosmilch
1 mittlere Zwiebel, 1 mittlere Zucchini, 2 Karotten
1 rote Paprika, 1 gelbe Paprika
50 g Erbsen, 100 g Tomaten
1 TL Ingwer fein gehackt
1/4 TL Curcuma
2-3 TL milden Curry, 1TL scharfen Curry
1 EL Sojasauce
1-2 EL Tomatenmark
1 MS gestoßener Kreuzkümmel
Natursalz

Vorbereitung:

1. Das Gemüse waschen
2. Die Zwiebel schälen und in Streifen schneiden.
3. Die Karotten in feine Scheiben schneiden.
4. Die Zucchini halbieren und in 5 mm breite Stücke schneiden.
5. Die Tomaten in kochendem Wasser überbrühen, mit kaltem Wasser abschrecken, schälen, vierteln und entkernen, das Fruchtfleisch in Würfel schneiden.
6. Die Paprika halbieren, Strunk entfernen und in 1-2 cm große Würfel schneiden.
7. Den Tofu in ca. 5 mm breite Streifen schneiden.

Zubereitung:

1. Den Tofu in einer beschichteten Pfanne in etwas Öl goldbraun anbraten, aus der Pfanne nehmen und bereitstellen.
2. 1 TL Öl in der Pfanne erhitzen, die Karotten, Zwiebel und Paprika darin kurz anrösten, Zucchini und Ingwer dazugeben und etwa 1 Minute lang weiterrösten.
3. Die Tomatenwürfel und das Tomatenmark dazugeben und kurz weiterrösten, beide Currys und den Kreuzkümmel hinzufügen und noch einmal kurz rösten.
4. Mit Kokosmilch aufgießen, die restlichen Gewürze, die Sojasauce und den gebratenen Tofu dazugeben, das Ganze einköcheln lassen. Zuletzt die Erbsen dazugeben und mit Salz abschmecken.

Serviertipp:

Als Beilage passt dazu hervorragend Wildreis.

Federvieh

Heute musste ich mit unserer Katze „Fax“ zur Tierärztin. Ich habe einen Knoten bei ihr entdeckt, und den wollte ich kontrollieren lassen, denn man weiß ja nie.

Bei wildem Schneegestöber fuhren wir beide los, in Richtung Kirchdorf an der Krems, ausgerüstet mit drei Faschingskrapfen und zwei kleinen Fläschchen – wirklich die kleinen Fläschchen – Piccolosekt.

Ehrenwort, ganz großes Ehrenwort, mehr trinken wir nicht, und das auch nur nach Ordinationsschluss, und meist sind wir dann auch zu dritt. Was aber bitte nicht heißen soll, dass uns mehr Gläser Sekt nicht schmecken würden, und mehr Krapfen sowieso, aber da ist wieder die blöde Figur im Weg. Man kennt das ja, das unnötige Kalorienzählen.

Wie auch immer, Fax und ich trafen in der Praxis ein, und keine Menschenseele war im Warteraum. Kein Wunder bei solch einem Wetter!

Ich stand bereits in der Ordination und mein Kätzchen wurde gründlich untersucht, als es an der Tür klopfte. „Das wird der Steinadler sein“, meinte die Assistentin Frau Pfundbauer.

„Kommt der Vogel allein oder in Begleitung?“, fragte ich, denn ich glaubte nicht an das Erscheinen eines Adlers. „Er kommt in Begleitung seines Retters, und beide reisen noch dazu aus der Steiermark an“, erzählte Mag. Kimberger, die Tierärztin.

Vogel und Herrl kamen nicht in die Ordination – man „erschien“. Das Tier wurde auf den Rücken gelegt, und ich drängte mich förmlich auf, ihm zumindest den Kopf halten zu dürfen, denn wann hat man schon die Gelegenheit, einem Steinadler den Nacken zu kraulen und seinen Haxen zu halten.

Haxen heißt es nicht, aber den richtigen Ausdruck muss ich erst erfragen. Ich sage es Ihnen dann am Ende dieser Geschichte.

Da das Federvieh, es ist übrigens eine Steinadlerdame, in eine Stromleitung geflogen sein dürfte, waren ihre Stelzen (so heißt es auch nicht) sehr arg in Mitleidenschaft gezogen. Einer Operation hatte sie sich schon vor einigen Wochen unterziehen müssen, und jetzt begann die mühevolle Nachbehandlung.

Besitzer und Tierärztin waren nach der Verbandabnahme sehr zufrieden und ich immer noch damit beschäftigt, den Vogel mit Kraulen zu verwöhnen. Irgendwie fiel mir auf, dass sich sowohl Frau Mag. Kimberger als auch Frau Pfundbauer komisch verrenkten, und ich fing ebenfalls an, mein rechtes Ohr an meiner rechten Schulter zu reiben.

Ein entsetzlicher Juckreiz befiel mein edles Haupt. Ich hatte das Gefühl, hundert kleine Viecher rennen auf mir herum, und es gab keine Möglichkeit, mich zu kratzen, musste ich doch meinem Auftrag nachkommen, Kopf und Beine der Steinadlerdame zu halten.

Wissen Sie, wie lange es dauert, bis zwei Verbände gelegt sind, wenn man keine Hand frei hat, um wenigstens ein paar Läuse vom eigenen Kopf zu schütteln? Es dauert Stunden!

Der gute Vogel gab uns, vielleicht als Honorar gedacht, Läuse über Läuse ab. Da musste ich 47 Jahre alt werden, um zu erfahren, wie grauslich das ist. Und ich dachte, der Adler kommt nur in Begleitung seines Besitzers.

So kann man sich irren.

Als der Vogel und sein Gefolge (Herrl und Läuse) die Ordination verlassen hatten, gab es das wohlverdiente Glas Sekt, den Krapfen und ein ungeniertes Drauflokratzen, das als mehr als wohltuend empfunden wurde.

Blöd war aber, dass ich noch eine Besprechung wegen einer Lesung hatte und daher nur Zeit war, die Katze Fax heimzubringen. Dann musste ich auf der Stelle wieder umdrehen, um noch rechzeitig zu dem Treffen zu kommen. Es waren bereits alle

Das ist der Adlerpatient

Betreffenden anwesend. Ich kam wieder einmal zu spät, aber das ist man von mir gewohnt, da man weiß, dass der tägliche Tierarztbesuch nie auf die Minute geplant werden kann.

Einige Zeit hielt ich es aus und kontrollierte mich eisern, um nicht womöglich als ungewaschen zu gelten, wenn ich begann, mich zu kratzen. Die Läuse hatten auf meinem Kopf Kirtag und feierten fröhliche Urständ – wie schön für sie, aber für meine Wenigkeit der reinste Horror, da ich mich nicht auf das Ungeziefer, sondern auf die Besprechung hätte konzentrieren sollen.

Neben mir eine Stimme: „Frau Hofner, Sie sind wohl heute nicht ganz bei der Sache."

„Doch, doch, wie kommen Sie denn darauf?"

„Sie sind so unruhig, meine Liebe."

„Das ist sie doch immer."

„Sag', hast Flöhe?", fragte mich ein Bekannter und rutschte in sichere Entfernung.

„Kein Grund zur Beunruhigung. Flöhe hab ich keine!"

„Na, wenn du keine Flöhe hast, bleib endlich ruhig sitzen, du machst einen ja ganz nervös", empfahl eine Freundin.

„Läuse hab ich, Läuse, aber keine Flöhe, da ist ja wohl noch ein Unterschied!"

„Sag das noch amal. Was hast du?"

„LÄUUUUUUSEEEEE!"

Die Besprechung wurde vertagt!

Es heißt nicht Haxen, sondern Füße, und das Steinadlermädl ist um ein Drittel größer als der Steinadlerbub. Das Steinadlerweibchen wird Steinadler genannt, und das Männchen heißt Terzel. Und wieder was gelernt!

Shampoo

Wenn wir schon bei dem Thema Läuse sind, noch eine kleine Geschichte dazu.

Zunächst nur schnell eine Frage: Juckt es Sie schon?

Eine Freundin aus Wien verbringt ihre Ferien immer hier in unserer Nähe auf einem Bauernhof, und sie ist Lehrerin. Eines Tages, es war der zweite oder dritte Tag seit Ferienbeginn, erzählte sie mir, sie hätte in der Schule Läuse „eingefangen" und bat mich, mit ihr in die Apotheke zu gehen, da sie sich geniere, ein Shampoo gegen dieses Tiervolk zu verlangen.

„Bitte mach du das, denn ich … na, du weißt schon … es ist einfach zu peinlich."

„Ah, aber mir soll es nicht unangenehm sein, wie?", meinte ich.

„Dir doch nicht, du bist ja sonst auch immer so frech."

Ich habe keine Ahnung, wie alle auf dieses Märchen kommen. Mein Ruf dürfte wohl wirklich ziemlich im Keller sein.

Ich willigte ein, und Ingrid bedankte sich herzlich für meine Hilfsbereitschaft. „Na, wozu hat man denn eine Freundin?", sagte ich voll Fürsorge zu ihr, und wir betraten die Apotheke.

Ich verlangte mit den Worten „Meine Freundin, die hier neben mir steht, hat Läuse, aber sie geniert sich so, ein Shampoo zu verlangen" das gewünschte Produkt. Ein Stoß in meine Rippen und ein „bist deppert?" setzten meinem Freundschaftsdienst ein Ende.

Scharfe Tofu-Nudel-Pfanne

» In 30 Minuten auf dem Tisch
» Ergibt ca. 4 Portionen

Einkaufsliste:

400 g Tofu
300 g China-Nudeln
1 gelbe Paprika, 1 rote Paprika
4 – 5 Schalotten, 1 Knoblauchzehe
15 g frischer Ingwer, 1 Chilischote
ca. 3 EL Sojasauce, ca. 3 EL Reiswein
1 gestrichener TL Maisstärke
Natursalz, Pfeffer, China-Gewürz oder Curry
Erdnussöl zum Braten

Tofu-Marinade:

1 Knoblauchzehe
1 TL geriebener Ingwer
4-5 EL Sojasauce

Vorbereitung:

1. Die Schalotten schälen und in Streifen schneiden.
2. Das Gemüse waschen.
3. Den Knoblauch und den Ingwer fein hacken.
4. Die Paprika halbieren, den Strunk entfernen und in 2 cm große Würfel zerschneiden.
5. Die Chilischote halbieren, entkernen und in feine Streifen schneiden.
6. Den Tofu in ca. 1-2 cm große Würfel schneiden und ca. 20 Minuten marinieren.

7. Die Nudeln in Salzwasser al dente kochen, mit kaltem Wasser abschrecken und abtropfen lassen.
8. 1/8 l Wasser mit Reiswein, Sojasauce und Maisstärke verrühren.

ZUBEREITUNG:

1. Den Tofu auf einer Küchenrolle abtrocknen und in einer beschichteten Pfanne in etwas Öl goldbraun anbraten, aus der Pfanne nehmen und bereitstellen.
2. 2-3 EL Öl in der Pfanne erhitzen, die Schalotten, die Paprika und die fein gehackte Chilischote darin 2-3 Minuten anrösten. Den Knoblauch und den Ingwer dazugeben und ca. 1 Minute weiterrösten.
3. Nun die Gewürze dazugeben und umrühren. Die Nudeln und den Tofu dazugeben, das vorbereitete Wasser dazugießen und alles erhitzen, bis die Flüssigkeit eindickt.

Eventuell nachwürzen. Heiß servieren.

SERVIERTIPP:

Dazu passt sehr gut frischer gemischter Salat

Unsere Nandudame Gisela liebt es

Spaghetti zu essen.

Bananen

Diese Geschichte liegt schon viele Jahre zurück, und eigentlich wäre sie mir gar nicht mehr im Gedächtnis geblieben, wenn meine Freundin mich nicht daran erinnert hätte.

Es ist gar nicht so leicht, lustige Anekdoten zu erzählen, wenn man seit elf Jahren auf einem Berg wohnt und wenig in die sogenannte große, weite Welt kommt.

Das war einmal. Wir wohnten damals noch in Wien, mit Zweitwohnsitz im Waldviertel. Es war eine tolle, verrückte Zeit, denn wir hatten genug Geld, um es uns gut gehen zu lassen.

Unser Haushalt war natürlich auch zu dieser Zeit nicht ohne Vierbeiner. Täglich fuhr unser Dackel „Xandi" mit meinem Mann in die Firma, wo er noch ausgiebig, bis zwölf Uhr Mittag, weiterschlief, um dann aufzustehen, ins Büro des Buchhalters zu tapsen und dort in aller Gemütlichkeit sein Geschäft zu verrichten. Unter uns gesagt, Xandi hatte recht, weil dieser Typ wirklich mehr als unsympathisch war.

Später, nach verrichteter Tat, inspizierte er die anderen Büros, ob nicht da oder dort ein Wurstblattl abfiel. Nach diesem täglichen Ritual ging er wieder unter den Schreibtisch meines Mannes büseln.

Nachmittags suchte er sich nach Lust und Laune einen Angestellten der Firma aus, der mit ihm spazieren gehen durfte. Xandi war wie ein Prinz erzogen, und das behielt er bei, bis an sein Lebensende.

Nur am Freitag war er immer hektisch, denn da wusste Xandl, dass es ins Waldviertel ging und vorher noch ein Abstecher auf den Naschmarkt unternommen wurde, wo natürlich nicht nur für uns, sondern in erster Linie für unsere Tiere gourmetmäßig das Wochenende begann,

MAHLZEIT

auch Katzenkinder müssen essen und trinken.

Das ist Billa - der Bruder von Sackl

denn auch ein kleiner Katzenbabybauch muss gefüllt werden.

SACKL, der Bruder von Billa

Das hat er nicht von uns gelernt.

Unser Pferd Valentino logierte bereits mit zwei anderen Pferden in einem nahe gelegenen Bauernhof. Hase Cicero verbrachte den Sommer im Garten, und die beiden Katzen wohnten überhaupt ständig in unserem Waldviertler Domizil.

Es hatte sich jedoch in der ganzen Tierwelt von Altpölla herumgesprochen: Wenn die Hofners zum Wochenende kommen, gibt es Schmankerln. Hunde, Katzen, Hasen, Eichhörnchen, aber auch Pferde kamen in unseren Hof. Meist schlüpften sie durch ein Loch im Zaun. Wenn Valentino kam, ging er schon durchs Tor, denn sein Haflinger-Freund Fritz hatte es im Huf, wie man dieses öffnet. Unsere Haushälterin beschützte immer die Blumen in den Trögen, denn die Rösser waren besonders an den Rosen interessiert.

Doch nun zurück auf den Naschmarkt. Ab einer gewissen Uhrzeit wird das Obst um die Hälfte billiger verkauft. Die weichen Bananen sind den Tieren am liebsten, ebenso die Birnen, da diese dann besonders süß sind. So gingen Harald und ich zu einem Gemüsestand, der besonders gatschiges Obst verkaufte und den Preis dafür bereits reduziert hatte.

Der freundliche Verkäufer: „Na, gnä' Frau, wos derf's denn sein?"

Ich: „Zehn Kilo Bananen, aber von den billigen."

Der Verkäufer noch freundlich: „Und was noooch?"

Ich: „Zwanzig Kilo Birnen, aber von den billigen, bitte."

Der Verkäufer schon unfreundlich: „Ham's sonst no Wünsche?"

Da mischte sich Harald ein: „Ja, und dann noch zwanzig Kilo Äpfel, aber von den billigen."

Der Verkäufer wurde bereits hochrot im Gesicht. In diesem Moment läutete Haralds Handy. Dazu muss ich ganz schnell bemerken, dass es zu dieser Zeit erst ganz wenige Handybesitzer gab. Nun zum Verkäufer mit der roten Gesichtsfarbe.

„Des bülligste Obst kaufen, oba a Handy hom, es Bledn es. Es deppaten Schnorrer es. Zoit's und schaut's, dass weida kummt's, es Trottln."

Meine Frage an Sie: Wie hätten Sie reagiert?

Ich tat Folgendes: Die Bananen, Birnen und Äpfel stellte ich dem noch immer mit uns brüllenden Verkäufer vor die Nase und sagte: „Wenn Sie Ihr patziges Obst behalten möchten, bitte sehr, und einen schönen Tag noch. Vielleicht kommt ja wer ohne Handy vorbei und kauft Ihnen so viel ab, wie wir es getan hätten."

Der Obstverkäufer am Nebenstand hatte bereits das gewisse Blitzen in den Augen, denn er wusste, dass er nun das Geschäft des Tages machen würde. So war es dann auch, und wir kauften jede Menge weiches Obst für unsere vierbeinigen Freunde.

„Eine schöne feste Banane geben Sie mir bitte extra", bat ich den Verkäufer.

„Was machst du denn damit?", fragte mich Harald.

„Wart's ab, mein Lieber!"

„Bitte mach nicht wieder einen Blödsinn!", bettelte er.

„Eh nicht, ich möcht nur nett sein und was Gutes tun", beruhigte ich ihn. Natürlich war mir nicht entgangen, dass der vorhin derartig tobende Verkäufer sich am liebsten in den A… gebissen hätte angesichts der Mengen, die wir noch erstanden.

So ging ich mit der schönen, festen Banane zu ihm hinüber. Nein, nein, wo denken Sie hin, natürlich habe ich sie ihm nicht an den Kopf geworfen. Vielmehr nahm ich das gute Stück und reichte es ihm mit den Worten: „Nachdem Sie anscheinend Ihr Obst nicht verkaufen möchten, würde ich Ihnen gerne diese Banane schenken. Oder hätten Sie lieber einen Apfel?"

Ich ging einer Watschen nur knapp aus dem Weg, und wieder läutete das Handy …

Sachl

Nr 16

Und noch mehr Obst

Wenn wir schon beim Thema Waldviertel sind, möchte ich Ihnen eine Geschichte erzählen, die einmal nicht mit Tieren zu tun hat, dafür aber mit den lieben Kleinen, auf die man mehr aufpassen muss als auf eine Herde Pferde. Nachdem es bei uns keine Flöhe gibt, habe ich mit einem Sack Flöhe keine Erfahrung. Daher der Vergleich mit den Rössern, da diese erfahrungsgemäß auch so einiges im Sinn haben können.

Es war an einem wunderschönen Sommertag, als meine Schwiegermutter mit einem riesigen Kübel selbst gepflückter Erdbeeren zu uns kam. Im Garten tobten nicht nur unsere Kinder, sondern auch die der Nachbarn, und der Rest der Horde war aus dem ganzen Ort zusammengesammelt. Ungefähr fünfzehn Racker werden es schon gewesen sein.

Paul beim Umrühren der Bowle

Ich gab dem lieben Nachwuchs eine Schüssel mit Erdbeeren, und in Windeseile waren diese auf das Unappetitlichste verputzt. Jedes dieser kleinen Wesen hatte von da an einen doppelt so großen Erdbeermund.

Da wir abends nicht nur meine Schwiegermutter, sondern auch einige Freunde zum Essen erwarteten, waren die Früchte sehr willkommen, denn wer wird bei Erdbeerbowle nicht schwach?

Meine Schwiegermutter Annemarie half mir das Obst zu schneiden, und ich setzte die Bowle an, bereitete das Nachtmahl vor und schmierte den Erdbeertigern jede Menge Butterbrote, die dann genauso grauslich in die kindlichen Mägen wanderten wie die Erdbeeren.

Die Bowle war fertig, ebenso das Essen, und uns blieb noch eine Stunde, bis die Gäste kamen, und so beschlossen wir, mit den Hunden spazieren zu gehen.

Es war ein schöner Spaziergang zwischen den Feldern, die kurz vor der Ernte standen.

Wieder daheim angekommen, begrüßten uns die zweibeinigen kleinen Gesellen mit lautem, undefinierbarem Gejaule und Gegröle.

„Was ist denn mit denen los?“, fragte ich meine Schwiegermutter.

„Laut sind sie ja immer, aber ist dir aufgefallen, wie die gehen?“, meinte sie mit Kinderkennerblick.

„Du, die haben einen sitzen!“

„Aber geh, von wo hätten die denn einen Rausch, du hast doch nichts Alkoholisches herumstehen“, wollte sie mich beruhigen.

Und dann trat Paul, unser Kleiner, auf. Er schielte mich an und fragte mit tiefer Stimme: „Du, wann machst denn wieder so ein gutes Gombod, hicks?“ Er meinte Kompott, aber das ging ihm nicht mehr ohne Unfall über die Zunge. Auch der Rest der Bande lallte nach dem Gombod.

„Sag, was meint denn der kleine betrunkene Affe?“, erkundigte sich meine schon schallend lachende Schwiegermutter. „Ich sag dir nur eines, mein Kind: Wenn du schon Fratzen im Haus hast, darfst du entweder keine Bowle machen oder musst sie wegsperren."

„Meine Güte, an die hab ich nicht gedacht, was mach ich jetzt? So kann ich die Kinder doch nicht heimgehen lassen."

Meine Schwiegermutter beruhigte mich: „Jetzt legen wir die besoffene Horde nieder, verständigen die Eltern, dass sie heute hier schlafen dürfen, und morgen sieht die Welt wieder anders aus – für dich. Nicht jedoch für die Kleinen, denn denen wird schlecht sein, und das sind die Erfahrungen, die man halt im Leben sammelt."

Ich machte mir ganz große Vorwürfe, und dann erzählte mir Annemarie folgende Geschichte: „Ich war mit dem Vater deines Mannes im Theater, und unsere vier halbwüchsigen Kinder waren allein zu Haus. Du verstehst? Leider hab ich vergessen, die Hausbar abzusperren, und dann waren die vier total besoffen, aber so besoffen, dass sie nicht einmal gemerkt haben, dass sie sich den Inhalt einer Hundefutterdose aufs Brot geschmiert haben statt der Leberwurst. Und eines sage ich dir noch, geschmeckt hat es ihnen, was sagst du dazu?"

„Nix mehr, liebe Schwiegermutter, nix mehr, außer dass ich jetzt weiß, woher Paul das hat."

Am nächsten Tag bedankten sich die Kinder für das tolle Kinderfest und stiegen beschwingt und glücklich auf ihre Räder.

„Bald kommen wir wieder zu euch!", rief uns ein Knirps noch zu.

„Na, bitte net!", rief ich ganz leise zurück … doch sie kamen wieder!

Nachwirkung

Rucola

Bevor ich Ihnen ein Salatrezept verrate, bekommen Sie noch eine kurze Geschichte dazu serviert.

Es hat sich im Laufe der Jahre bei uns so eingebürgert, dass einmal die Gäste für uns kochen und einmal mein Mann und ich für unsere Urlauber den Kochlöffel schwingen. Bis jetzt ist noch kein Gast wegen unserer Kost im Krankenhaus gelandet, falls Sie Zweifel daran hegen, dass Tierschützer kochen können.

Nur meinem Zahnarzt wird seit 30 Jahren schlecht, wenn ich ihn zum Essen einlade. Ich habe keine Ahnung, warum das so ist, aber wenn er zu Besuch kommt, zerkochen sich sogar die Nudeln, und der Reis, der sonst niemals patzig wird, ist meist ein großer zerkochter und unansehnlicher „BAAAATZ".

Nun, es waren wieder die Gäste an der Reihe, und meist sind es die Herren der Schöpfung, die ihrer kreativen Kochkunst freien Lauf lassen.

So auch unser über alles geschätzter Herr Mönter, ein bei uns gerne gesehener Gast, obwohl wir meist zu platzen drohen und uns wünschen würden, dass unsere Jeans mit einem Gummizug ausgestattet sind. Schon nach einem Wochenende hat man locker und ohne Übertreibung um 2 kg mehr auf der Badezimmerwaage. Es ist also besser, man steigt nach so einem Esskulturfest gar nicht auf die gefürchtete und mehr als gehasste Waage.

Gekocht wird in der Kochnische im Aufenthaltsraum. Kein Gast kann das Vorbereiten der Speisen so formvollendet zelebrieren wie Herr Mönter. Es ist wie ein gutes Theaterstück, von dem man hofft, dass es nie zu Ende gehen möge.

Man stelle sich vor: Leise klassische Musik, weil ohne die geht gar nix, ein Glas (oder manchmal mehrere Gläser) trockener Rotwein, Dirks liebenswerte Bekannte, Frau Apfelauer in der

Mitte des Raumes thronend, wie sie ihren drei Kindern Anweisungen gibt, das Gemüse zu putzen und den Tisch zu decken. Auch sie hält stets ein Glas Rotwein in Händen (tut sie auch manchmal, wenn sie zu mir in den Stall kommt, wenn ich ausmiste).

Frau Apfelauers Kids sind zu dritt. Da gibt es Xenia, eine Elfe, die wie niemand sonst schön und kreativ den Tisch deckt. Meist finde ich zerlegte Kerzenkranzerl, und damit werden Servietten kunstvoll gebunden. Natürlich dürfen die Kerzen nicht fehlen, auch wenn es schon passiert ist, dass wir halb abgebrannt sind. Egal, der Tisch ist perfekt und der Wasserkübel immer dezent in einer Ecke deponiert.

Thomas ist meist damit beschäftigt, Weinflaschen zu öffnen, und manchmal sind es in seinem Eifer so viele, dass man denken könnte, er möchte uns nach Kalksburg zur Erholung schicken.

Klein-Allegra, der Wirbelwind der Kinderbande, macht mich meist zu einem wandelnden Emmentaler, so viele Fragen stellt sie mir gleichzeitig, dass ich nicht nachkomme, sie zu beantworten. Ein paar Löcher in meinem Bauch sind mir sicher.

Wenn diese Fünferschar bei uns logiert, genieße ich das immer sehr, denn dann tut sich was, abgesehen von den Kalorien, die auf unseren Tellern Ballett tanzen.

So machte uns Herr Dirk eines Abend eine Vorspeise, die zum „Deppertfressen" ist. Nämlich einen Rucolasalat mit Erdbeeren.

Dieses Rezept möchte ich Ihnen nicht vorenthalten.

Rucolasalat mit Erdbeeren

Man nehme für die Marinade:

10 Esslöffel Balsamico-Essig
8 Esslöffel Olivenöl
2 Esslöffel Honig
Salz und Pfeffer (frisch gemahlen)

Zubereitung:

1. Die Marinade vermische ich mit 4 Sackerln Rucolasalat, die man beim Merkur oder auch anderen Supermärkten bekommt.
2. Nicht zu vergessen frisches Basilikum, das über den bereits marinierten Salat kommt.
3. Frische Erdbeeren oder auch Ananas ebenfalls darüber verteilen.
4. Als Abrundung frisch geriebenen Parmesan darüber streuen.

Dazu serviert man Mini-Twist, die man in der Salzgebäckabteilung findet.

Veganern empfehle ich, Löwenzahnhonig zu nehmen, denn da werden keine Bienen ausgenutzt, und den Parmesan wegzulassen. Statt dem Käsegebäck getoastetes Weißbrot anbieten.

Sollte der Balsamico-Essig zu scharf sein, weniger als 10 Esslöffel nehmen und lieber öfter abschmecken.

Pro Person rechne ich ein Sackerl Salat, und die Menge der Marinade reicht für 6 Salatsackerl.

Übrigens, Herr Dirk Mönter wurde von mir auf Herr RUCOLA umbenannt.

Frau Admiral

hat im Alter von 20 Jahren ihre erste Maus erlegt.

Soll sie das verraten ?

Grüsse aus dem Hühnerhimmel

Grüß Gott, ich heiße „Ghandi“. Ich kann mir jetzt gut vorstellen, wie sehr Sie dieser Name irritiert, aber in den nächsten Zeilen gebe ich eine ausführliche Erklärung ab.

Seit zwei Wochen bin ich mit vielen geschlachteten oder in Legebatterien verreckten Hühnern – es gibt keinen anderen Ausdruck dafür – im Hühnerhimmel.

Unter uns gesagt, es is a bissl eintönig hier, denn man spricht nur über die schrecklichen Folterungen und Zustände in den Legeanstalten.

Wird sich eh nichts ändern, wenn die Menschen nicht endlich zu uns Lebewesen halten und erkennen, dass wir leidensfähige Geschöpfe sind.

Laut gackere ich es auf die Erde: „Auch wir brauchen Liebe, Freiheit, gutes Futter und grüne Wiesen und natürlich einen Stall.“ Viele Leute glauben, dass die Käfighaltung ausreicht, aber das ist ein himmelschreiender Irrtum.

Nun zu meiner Lebensgeschichte, die Sie vielleicht und hoffentlich nachdenklich stimmen wird.

Als ganz junges Hendl landete ich in einem Hühner-KZ. Damals trug ich noch mit Stolz mein braunes, glänzendes Federkleid, das ich täglich stundenlang pflegte. Man steckte uns zu fünft in einen ganz kleinen Käfig, der nur aus Gittern bestand. Damit unser Kot durchfällt, war auch an ein bisschen Stroh nicht zu denken.

Zum ersten Mal in meinem Leben war ich richtig verzweifelt. Wie sehr unsere Beine schmerzten, wenn wir mit unseren Krallen im Draht hängen blieben, brauche ich wohl nicht ausführlich zu beschreiben. An Schlaf war auch nicht zu denken, da ständig eine Hendlkollegin auf einem herumtaumelte.

Wir hatten überhaupt keinen Platz, und so stieg die Aggression, wir rissen einander die Federn aus. Ich jammerte um mein schönes Federkleid, einer Mitinsassin wurde sogar ein Auge ausgepeckt.

Mein Frust war so groß: Ich riß mir die letzten Federn dann selbst aus. Mir war alles egal, ich wusste, hier gibt es kein Zurück.

Das Futter schmeckte nach Fisch, aber das war nicht anders zu erwarten.

Immer öfter kam mir der Gedanke: „Würden uns die Konsumenten auch essen, wenn sie sehen würden, wie wir leiden, wie wir ausschauen? Könnten sie unsere Eier essen, wenn sie wüssten, mit welchem Dreck wir gefüttert werden?"

Soll das ein Hühnerleben sein?

Waren die tollen Geschichen vom Misthaufen-Kratzen, vom Baden im Sand und von den Sonnenstrahlen, die das Gefieder schön glänzen lassen, alle nicht wahr?

Eines Tages passierte jedoch etwas, das mein Leben verändern sollte. Ein großer, stattlicher Mann drang mit einem Kamerateam von ATV und einigen Aktivisten vom Verein gegen Tierfabriken in unser KZ ein, um zu dokumentieren, wie die Zustände in solchen Legebatterien sind.

„Tolle Sache, die trau'n sich was", dachte ich, und als mir dieser Gedanke durch den Kopf ging, öffnete der Mann unseren Käfig und nahm mich in seine starken Arme. Kein schlechtes Gefühl – ich spürte plötzlich Geborgenheit, und gleichzeitig hatte ich große Angst, dass er mich wieder in den Käfig stopft.

Die ganze Aktion wurde gefilmt, was mir gar nicht passte, so nackt wie ich war.

Wie ich aus einem Gespräch erfahren habe, war der tolle Typ Dr. Balluch. Kleiner Tipp am Rande – diesen Namen sollte sich jedes Huhn merken!

Von 29.000 Legehühnern wurden außer mir noch acht Leidensgenossen befreit. Obwohl ich nicht ahnte, was mit uns geschehen würde, wusste ich instinktiv, dass es nur mehr aufwärts

Shandi

gehen konnte. Meine Kolleginnen und ich wurden in einen Transportkäfig verfrachtet, und auf ging's in das neue große Abenteuer LEBEN.

„Ob ich endlich einen Misthaufen zu sehen bekomme?“, dachte ich.

Wir neun Hendln waren so aufgeregt, dass eine von uns sogar ein Ei legte. Was ich vergessen habe zu erwähnen – wir alle hatten die rote Vogelmilbe, die wir schwesterlich mit unseren Rettern teilten und ihnen auch reichlich im Auto zurückließen.

Nach längerer Fahrt blieben wir stehen und wurden ausgeladen. Ich sah eine Menge verschiedener Tiere, ein Hund fiel mir durch lautes Gekeife besonders auf. Noch nie hatte ich solche Wiesen gesehen, es roch nicht nach Hendlsch…, sondern nach Wald und Blumen.

Harald und Doris vom Tierparadies Schabenreith nahmen uns in Empfang, und ich dachte schon, dass sie uns jetzt zum Misthaufen bringen, aber nix da, die Tierärztin verordnete uns totale Isolierung, wegen unserer depperten Milben. Also kamen wir in einen Raum, wo es außer Futter und Wasser sogar Sitzstangen gab.

Zunächst probierten wir aus, wie das Gefühl ist, gehen zu können, und einige von uns begannen mit Scharrbewegungen, die alle Beteiligten zu Begeisterungsstürmen hinrissen. Ein komisches Gefühl war es schon, wieder festen Boden unter den Krallen zu haben.

Wir futterten drauf los und schliefen bald unter den Wärmelampen total erschöpft, aber sehr, sehr glücklich ein. Nicht nur wir waren k.o., auch unsere Lebensretter waren erschöpft. Da half auch der Kaffee von Doris nix.

Zwei Wochen vergingen, ich wurde immer müder, und eines Tages wachte ich mit tollem Federkleid im Hühnerhimmel auf.

Super … jetzt war ich auch noch tot.

„Mir bleibt aber auch gar nichts erspart“, dachte ich.

So konnte ich meine Kolleginnen Salmonelle und Co. nur aus der Entfernung beobachten, und ich kann Ihnen sagen, nicht schlecht, was die da auf der Erde erleben. „Sex and the City" ist ein Schmarrn dagegen.

Meine acht Freundinnen sind nun in eine neue Wohnung im Grünen übersiedelt – mietfrei, versteht sich.

Nobel geht die Welt zugrunde, denn der neue Gehilfe auf Schabenreith hat dem Federvieh einen Legestand gebaut, wo „Night Club" draufsteht und ab Mitternacht Men-Table-Dance angeboten wird. Das gibt es hier im Hühnerhimmel leider nicht … SCHADE!

Natürlich traute sich nur Kollegin Salmonelle in die Wiese, denn sie ist die Frechste von der Weiberbande. Seit einer Woche marschieren alle acht den ganzen Tag gackernd herum, legen Eier und tun so, als sei es die selbstverständlichste Sache der Welt, als Huhn so leben zu dürfen.

IST ES ABER NICHT! Und gedenken wir bitte der 29.000 Hühner in dem Lager, aus dem ich herkomme, und gedenken wir auch der Millionen Hendln, die ebenso in diesen Hühner-KZs leben müssen und leben werden, wenn die Menschen nicht lernen, ENDLICH umzudenken.

Übrigens, weder Harald noch der Gehilfe und schon gar nicht Dr. Balluch haben je um Mitternacht vor meinen Kolleginnen getanzt. Leider, denn der Alex, der Helfer, ist ganz schön knackig, die anderen beiden sind zwar schon ein bissl überwutzelt, aber besser als gar nichts.

Seit einigen Tagen versuche ich, auch hier Schwung in die himmlische Bude zu bringen, daher schließe ich für heute diesen Bericht und sende Ihnen ein herzliches Gegacker

Ihr neuntes Huhn

Ghandi

Blunkerl

Name wegen blunzenförmiger Figur

Über die Autorin

Doris Hofner-Foltin erblickte während des Maiaufmarsches 1957 in Wien das Licht unseres Planeten. Ihre Geburt war die größte Katastrophe dieses Jahrgangs.

Kindheit: Kein Kindergarten, da sie schon damals ständig im Stress war.

Schulen: Nachweislich schloss sie beim ersten Versuch nur die Volksschule ab. Ihr weiterer Bildungsweg war von unzähligen Ortswechseln gekennzeichnet. (Die ausführliche Liste der heimgesuchten Schulen kann auf Wunsch kostenpflichtig zugestellt werden.)

Beruf: Von den Pädagogen bereits aufgegeben, dringen bald ihre sadistischen Neigungen an die Oberfläche, und sie ergreift den Beruf der zahnärztlichen Assistentin. Hier knüpft sie erste Kontakte mit Dunkelkammern und Röntgenbildern. Dabei erwachte ihre bis heute unerwiderte Liebe zur Photographie. Als ihr schon nach zwei Jahren intensiven Trainings zufällig ein Photo gelang, entschied sie spontan, damit an die Öffentlichkeit zu gehen. Ausstellungen im In- und Ausland wurden höflichkeitshalber für sie organisiert.

Eines Tages kam es zur Rettung des ersten Pferdes, bei der sie nicht wusste, ob man das Tier im Schlafzimmer oder in der Küche unterbringen sollte, weil kein Stall vorhanden war. Obwohl sie den Unterschied zwischen Mist- und Heugabel damals noch nicht kannte, beschloss sie trotzdem, einen neuen Lebensabschnitt zu beginnen, und beschäftigt sich nun damit, misshandelten und kranken Tieren ein neues Zuhause zu geben.

Als sie sich ein Nasenbärgehege einbildete, für das jegliche

Finanzmittel fehlten, kam sie auf die Idee, ein Buch zu schreiben, das allen Zweifeln zum Trotz ein Erfolg wurde. Das Nasenbärgehege wurde gebaut.

Mit ihrer gefürchteten Ausdauer bringen sie und ihr (schwer von ihr gezeichneter) Ehemann eine Frühstückspension, die Fertigstellung weiterer Bücher, eine in Vorbereitung befindliche Photoausstellung und 160 Tiere unter einen Hut, um des Öfteren auszuprobieren, wie es ist, auf dem Zahnfleisch zu gehen.

Verfasst von einem unbekannt bleiben wollenden Mäzen.

Moritz
macht
immer

Unfug

Und wann
kommt das
nächste Buch?

Ende

Genug geschmöckert - ich geh' schlafen

Der Gnadenhof – Tierparadies Schabenreith

Auf einer Seehöhe von rund 800 Metern liegt, umgeben von herrlicher Landschaft, der im dreizehnten Jahrhundert erbaute Bauernhof Schabenreith.

1993 von Doris und Harald Hofner erworben, fanden damals 12 Tiere mehr als genug Platz.

Der Hof wurde liebevoll restauriert und mit Gästezimmern ausgestattet. Die Zimmervermietung bildet die Lebensgrundlage.

Im Laufe der Jahre fanden immer mehr misshandelte und verstoßene Tiere ein neues Zuhause.

Derzeit sind es 145.

Neben der Arbeit am Gnadenhof haben Doris und Harald Hofner ein Sterilisierungs- und Vorsorgeimpfprojekt ins Leben gerufen, um eine unkontrollierte Vermehrung von Haustieren und die damit oftmals verbundene qualvolle Tötung, Verwahrlosung oder die Ausbreitung von Krankheiten zu verhindern.

Trotz des großen finanziellen Engagements des Tierhilfswerk Austria sowie treuer Tierpaten und Spender werden immer noch weitere Geldmittel gebraucht.

Der Erlös aus dem Verkauf dieses Buches wird daher zur Gänze über den Verein „Tierparadies Schabenreith" für Tierschutzprojekte verwendet.

Tierparadies Schabenreith
Registrierter Verein
A-4562 Steinbach am Ziehberg 23
Tel. 07582/7309, Fax 07582/37110
http://www.tierparadies.at – E-Mail: tierparadies@eunet.at

Bereits erschienen

Bereits erschienen sind außer diesem Buch die Bild- und Kurzgeschichtenbände

BUNTE HUNDE & SCHRÄGE VÖGEL
118 Seiten

SATIERISCHE GESCHICHTEN
156 Seiten

mit Geschichten vom Tierparadies Schabenreith und mit zahlreichen Farbfotos.

Beide Bücher können Sie bestellen beim Verein

Tierparadies Schabenreith
Registrierter Verein
A-4562 Steinbach am Ziehberg 23
Tel. 07582/7309, Fax 07582/37110
http://www.tierparadies.at – E-Mail: tierparadies@eunet.at